KB196356

안개 골짜기 마을
(뒤죽박죽 거리)

안개
골짜기

안개 너머 신기한 마을

KIRI NO MUKOU NO FUSHIGI NA MACHI

© Sachiko KASHIWABA 2004

All rights reserved.

Original Japanese edition published by KODANSHA LTD.

Korean translationrights arranged with KODANSHA LTD.

through JM ContentsAgency Co

안개 너머 신기한 마을

가시와바 사치코 글 모차 그림 고향옥 옮김

ⅢB 한빛에듀

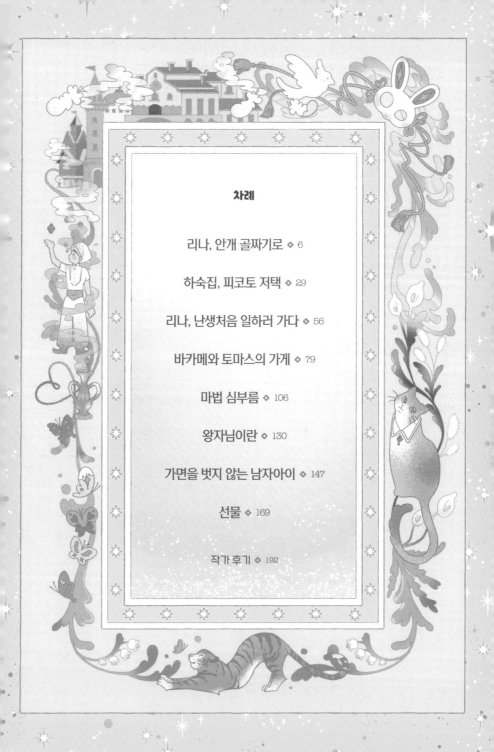

차례

리나,
안개 골짜기로

"저, 안개 골짜기에 가려고 하는데요, 어떻게 가면 되요?"

리나는 한참을 망설이다가 지나가는 사람에게 용기 내어 물어보았다.

"안개 골짜기? 글쎄, 그런 곳은 처음 들어 보는구나. 봐, 이 마을은 역에서 이렇게 똑바로 이어져 있지? 골짜기 같은 데가 있을 리 없구먼."

빛바랜 원피스 차림에 나막신을 딸깍딸깍 끌던 여자가 대답하고는 고개를 갸웃거렸다.

리나는 울고 싶었다. 하나뿐인 플랫폼에 나무 벤치 두 개만 달랑 놓인 작은 역. 비포장도로 길섶에 우거진 잡초에도, 나지막한 역사 지붕에도 흙먼지가 두껍게 앉아 있었다. 그 때문인지 마을은 온통 뿌옇게 보였다. 거리에 사람이라고는 자전거를 타고 가는 한 명과 느릿느릿 걸어가는 두세 명뿐. 활기를 뿜어내는 건 이글거리는 태양 말고는 아무것도 없는 것 같았다. 결국 리나의 눈에 눈물이 그렁그렁 맺혔다. 그 모습을 본 여자는 놀랐는지 리나의 어깨를 끌어안고 역 옆에 있는 파출소로 데리고 갔다.

"경찰 양반, 길 잃은 아이라우!"

여자가 파출소 안에 대고 소리치자, 셔츠 앞가슴을 풀어 헤친 경찰관이 팔락팔락 부채질을 하면서 나왔다.

"허어, 참 별일도 다 있군그래. 길 잃은 아이라……."

중얼거리던 경찰관은 빨간 가방과 우산을 보물처럼 소중히 들고 있는 리나를 보고 대뜸 말했다.

"흐음, 가출했을 수도 있지."

리나는 얼굴을 번쩍 들고 경찰관을 똑바로 노려보았다. 경찰관은 거슴츠레한 눈에 나이가 많아 보였다.

"저는 길 잃은 거 아니에요. 가출한 것도 아니고요."

리나가 반박하자 경찰관은 달래듯이 리나를 파출소 안으로 데리고 들어갔다. 걱정이 되었던지 여자도 따라 들어왔다.

경찰관은 책상에 앉자마자 다짜고짜 물었다.

"이름이 뭐냐?"

"우에스기 리나."

리나는 퉁명스럽게 대답했다.

"몇 학년이지?"

"6학년."

"어디에서 온 거냐?"

"시즈오카."

"어이쿠 맙소사! 시즈오카에서 왔다고? 혼자서 말이냐?"

여자가 화들짝 놀라며 리나를 보았다.

리나는 은근히 어깨가 으쓱해졌다. 혼자서 이렇게 멀리 온 것은 처음이었다. 그것도 도쿄와 센다이에서 기차를 두 번이나 갈아타고 아빠가 말한 목적지에 정확히 내렸다. 아빠는 리나를 혼자 보내는 게 마음이 놓이지 않았던지, 리나를 밤 기차에 태워 보내며 갈아타는 방법을 거듭거듭 설명했다. 나중에야 리나의 불안을 알아차리고 덧붙이듯 이렇게 안심시켰다.

"아빠가 그쪽에 미리 연락해 둘게. 그 마을에 제대로 도착만 하면 걱정 안 해도 돼."

그래서 리나는 기차역에 내리면 누군가가 마중 나와 있을 거라고 철석같이 믿었다. 하지만 아무리 기다려도 데리러 오는 사람이 없었다. 조금 전까지는 불안한 마음에 터져 나오는 울음을 간신히 참았지만, 지금은 길 잃은 아이로 오해받는 일에 화가 났다.

경찰관은 공책 같은 걸 펼치고 리나가 한 말을 또박또박 적었다.

"저 정말 길 잃은 거 아니거든요. 가출한 것도 아니고요. 그냥 길을 몰라서 묻는 것뿐이에요."

리나는 발끈 치미는 짜증을 감추지 않았다. 옆에 있던 여자가 빙그레 웃으며 리나를 다독였다.

"조금만 기다려 보렴. 곧 길을 가르쳐 줄 게야. 이 마을에서 경찰이 하는 일이라야 고작 쭉 뻗은 마을 길을 한 바퀴 돌아보는 것뿐이여."

경찰관도 잠시 손을 멈추었다.

"마을 축제 때, 그러니까 지난 5월 2일에 싸움이 벌어졌지요. 그 뒤로 석 달 만에 뭔가를 일지에 쓸 일이 생겼네요. 이 마을은 늘 '이상 무'라서요. 하긴 뭐, 아무 일도 일어나지 않는 게 좋긴 하지요."

경찰관은 머리를 긁적이고는 그제야 본론으로 들어갔다.

"자 그럼, 얘야 어디에 가는 거냐?"

리나는 비로소 마음이 조금 놓였다.

"안개 골짜기에 가려고요."

"흐음."

나이 든 경찰관은 고개를 갸웃거리고는 불안스레 바라보는 리나를 안심시키듯 다정하게 말했다.

"지금 당장 알아보마."

그러고는 뒤돌아서 먼지가 수북이 앉은 큼직한 장부를 꺼냈다.

"길을 찾는 사람은 아주 오랜만이라서 말이야."

경찰관은 먼지를 후후 불어 떨어내고는 장부를 천천히 넘겼다.

"은광 마을 근처인 것 같구먼."

문득 장부를 넘기던 경찰관의 손이 멈췄다.

"그래요?"

여자가 경찰관을 보았다. 눈이 마주친 둘은 고개를 돌려 이상하다는 듯 리나를 빤히 바라보았다. 둘의 눈길을 받자 리나는 다시금 불안이 몰려왔다.

"그 마을에 무슨 좋지 않은 일이라도 있는 거예요?"

"흐음, 그건 아니다만……."

경찰관은 자신 없는 듯이 말끝을 흐렸다.

"거기가 옛날에는 은이 나오는 은광이 있었는데 말이지. 광산을 닫은 지가 30년이 다 되지, 아마. 들리는 말로는, 마을 사람들도 하나둘 떠나고 지금은 몇 명 남지 않았다던데. 내 관할지가 아니라 확실한 건 모르겠다만……."

"얘야, 은광 마을에 가려고?"

옆에서 여자가 끼어들었다.

리나는 은광 마을에 대해서는 듣지 못했다. 아빠는 안개 골짜기에 아는 사람이 살고 있다고 말했을 뿐이다. 이 마을에 무사히 도착하기만 하면 안심해도 된다고 했다. 어쨌거나 안개 골짜기에 은광 마을밖에 없다면 거기가 맞을 것이다.

"확실하지는 않은데요, 아마 은광 마을이 맞을 거예요. 거기에 저희 아빠가 아는 분이 계셔서 여름 방학을 보내러 가는 거예요."

리나의 목소리는 점점 작아졌다.

"흐음."

경찰관과 여자가 동시에 신음하듯 한숨을 내뱉었다.

"하지만 그냥 돌아가야 할 거 같아요. 아빠를 아는 분도 이제 거기에 안 계실지도 모르고……."

그러자 리나의 마음도 모르고 경찰관은 속 편한 소리를 했다.

"돌아간다고? 여기서 나가는 편은 저녁 기차밖에 없는데. 자, 그러지 말고, 아직 점심때도 안 됐으니 한번 가 보기나 하지 그러냐. 혹시 알아, 아빠 지인이란 분이 아직 거기에 살고 계실지."

리나는 경찰관의 말대로 한번 가 볼까 하는 마음이 들었다. 늘 바쁘다는 핑계로 딸이 방학 때마다 어디에 가는지 신경도 쓰지 않던 아빠가, 웬일로 안개 골짜기에 가 보라고 권

한 것이다. "해마다 나가노 할머니 댁에 갔으니 올해는 안개 골짜기에 가 봐. 좀 색다른 데 가 보는 것도 좋은 경험이 될 거야." 하고 말이다.

리나는 어떻게 여기까지 왔는데 이대로 돌아가는 건 말도 안 된다고, 경찰관 말대로 한번 가 보는 것도 좋을 것 같다고 생각했다.

"그럼, 한번 가 볼게요."

리나는 씩씩하게 말했다.

"그래. 그럼, 약도를 그려 줄 테니 잠깐만 기다리고 있어. 산길인 데다 뭐 길잡이가 될 만한 것도 없어서 제대로 그릴 수 있을까 모르겠다만."

경찰관은 중얼거리고는 오래된 장부를 이리저리 보면서 어렵사리 약도를 그렸다.

"요즘은 통 길을 물어보는 사람이 없어서 말이야. 제대로 가르쳐 주지 못해서 미안하구나."

경찰관은 완성한 약도를 건네면서 진심으로 미안해하는 것 같았다. 옆에 있던 여자가 경찰관이 그린 약도를 들여다 보고 말했다.

"어이쿠, 완전히 산속이구먼. 뭐 옛날에는 길이 있긴 했었지만서도……. 가다가 되돌아오게 될 성싶은데, 아예 가지 말지 그러냐?"

"거기, 멀어요?"

리나는 조금 불안해졌다.

"흐음, 글쎄다. 마을 끝에 있는 신사를 끼고 쭉 올라가면 돼. 그런데 말이야, 이 더위에 신사까지 가는 것만도 여간 힘들지 않을 것인디."

"그럼 버스로 갈게요."

여자는 혀라도 쯧쯧 찰 것 같은 얼굴로 말했다.

"이를 어쩌누, 여긴 버스도 택시도 읎어. 역에서 좀 떨어진 데 사는 사람은 죄다 자전거로 다니는걸."

"어머, 그래요?"

리나는 재빨리 파출소 밖으로 나갔다. 마을을 휘둘러보는데 절로 한숨이 나왔다.

'하아, 정말이네.'

리나가 경찰관과 여자에게 인사하고 막 걸음을 떼려는데, 경찰관이 잠깐 기다리라며 붙들었다. 그러고는 때마침 맞은편에 지나가는 경운기를 불러 세웠다. 경운기 꽁무니에 리어카가 매달려 있었다.

"겐지 씨, 잠깐만요. 지금 집으로 가는 길이지요? 미안하지만 이 애를 신사까지 좀 태워다 주십사 하고……."

까맣게 그은 얼굴에 밀짚모자를 쓴 겐지 씨라는 사람이 리나를 흘끗 보더니, "뭐, 그럽시다." 하고는 리나에게 타라는 듯 손짓했다.

그러자 나이 든 경찰관은 리나를 번쩍 안아 리어카에 태우고는 빙그레 웃으며 나직이 속삭였다.

"그래도 걸어가는 것보단 나을 게다."

"약도도 그려 주시고, 경운기도 잡아 주셔서 고맙……."

리나가 경찰관에게 감사 인사를 채 마치기도 전에 리어카를 매단 경운기가 움직이기 시작했다. 경운기는 닷닷닷닷 하고 요란한 소리와 흙먼지를 일으키면서 쭉 뻗은 길을 달렸다. 길 양쪽으로 집들이 옹기종기 늘어서 있고, 그 뒤로 산 아래까지 논이 이어졌다. 논들 사이로는 띄엄띄엄 농가만 두세 채 있을 뿐이었다.

"겐지 씨, 점심 먹으러 들어오는 길이요?"

맞은편에서 자전거를 타고 달려오던 사람이 고함치듯 소리를 지르며 휙 지나갔다. 처마 낮은 기와집들이 이어지는 조용한 마을이었지만 경운기를 타고 가는 동안 사람을 네다섯 명이나 마주쳤다. 난생처음 리어카를, 그것도 경운기 꽁무니에 매달린 리어카를 타 보는 리나는 즐거웠다. 그러나 사람을 마주칠 때는 부끄러워서 빨리 마을을 벗어나고 싶었다. 이런 리나의 마음을 아는지 모르는지 리어카를 매단 경운기는 자전거보다도 느리게 달렸다. 이 흙먼지 풀풀 날리는 마을이 끝도 없이 이어질 것만 같았다.

가까스로 마을을 벗어나 논 사이로 난 널찍한 농로로 들어섰을 때에야 리나는 마음이 한결 편해졌다. 경운기는 귀청을 찢을 듯한 천둥 치는 소리를 내고 흙먼지를 연기처럼 피워 올리며, 벼들이 푸릇푸릇한 논길을 느릿느릿 달렸다.

"얘야, 안개 골짜기에 간다고?"

다짜고짜 겐지 할아버지가 경운기 소리에도 묻히지 않을 만큼 큰 소리로 물었다. 리나는 난데없는 고함 소리와 안개 골짜기라는 말에 놀라서 하마터면 리어카에서 떨어질 뻔했다.

"그걸 어떻게 아세요?"

리나 역시 겐지 할아버지 못지않게 큰 소리로 되물었다. 입을 벌린 순간 입안으로 흙먼지가 잔뜩 들어와 버석거렸지만 묻지 않을 수 없었다. 나이 든 경찰관은 분명 신사까지 태워다 주라는 말밖에 하지 않았다.

"아, 신사에서 내려 주라는 말을 듣고 퍼뜩 기억이 났다. 퍽 오래된 일이지."

리나는 할아버지에게 안개 골짜기에 대해 자세히 물어보고 싶었다. 하지만 길게 이야기하기에는 경운기 소리가 너무도 컸다.

이윽고 경운기는 울창한 숲 앞에서 멈췄다. 천둥 치듯 탈탈거리던 소리가 잠잠해지자 그제야 숲에서 나는 매미 소리가 들렸다.

"저 길로 쭉 올라가면 안개 골짜기가 나온단다."

할아버지는 신사 입구에 나란히 서 있는 빨간 기둥 문을 가리켰다.

리나는 고개를 끄덕이고 리어카에서 내렸다. 그리고 태워 줘서 고맙다고 인사를 하려는데 대뜸 겐지 할아버지가 물었다. 리나의 손에 들린 우산을 본 모양이다.

"그거, 네 우산이냐?"

하얀 바탕에 빨간 물방울무늬, 손잡이 끝에 히죽 웃는 피에로 얼굴 장식이 달린 우산. 리나는 이 우산이 마음에 쏙 들어서 보물처럼 아꼈다.

"그 우산을 보니 기억이 나는구먼. 안개 골짜기에서 더 이상 은이 나오지 않을 무렵이었으니, 벌써 30년도 더 지난 일이지. 딱 너만 한 사내아이를 마차에 태워 준 적이 있었어. 그때 그 녀석이 그거랑 똑같이 생긴 우산을 들고 있었다. 사내녀석이 들고 다니기에는 좀 이상한 우산이다 싶었거든."

겐지 할아버지는 우산을 지그시 보고는, 리나의 얼굴로 눈길을 돌렸다.

"오, 그래그래. 너처럼 통통하게 생긴 사내아이였어. 어디 보자, 어딘지 모르게 닮은 구석이 있는 것 같기도 하고."

겐지 할아버지는 고개를 갸웃거렸다.

"저랑 닮았다고요? 그 사내아이가 혹시 우리 아빠였나."

리나는 중얼거리고는 나중에 아빠에게 겐지 할아버지의 마차에 탄 적이 있느냐고 물어봐야겠다고 생각했다.

겐지 할아버지가 물었다.

"그거, 네 아빠 우산이냐?"

"아니요. 아빠가 아는 분이 저한테 주셨어요."

리나가 대답하자 겐지 할아버지는 고개를 끄덕이고는 갑자기 경운기에 시동을 걸었다. 닷닷닷 하고 엔진 소리가 요란하게 울리기 시작했다.

"그럼, 조심히 가거라."

다시 고함치듯 인사하는 겐지 할아버지에게 리나는 허둥지둥 고개를 숙여 인사했다. 겐지 할아버지는 리나에게 배시시 웃어 보이고는 다시 흙먼지를 일으키며 경운기를 타고 논길을 달려갔다.

리나는 가방 양쪽 손잡이 사이에 우산을 끼워 넣고 떨어뜨리지 않게 주의하면서 걷기 시작했다. 신사 옆으로 난 비탈길에 들어서자 쉴 새 없이 매미 우는 소리가 들려오고, 짙은 풀 냄새가 코를 찔렀다. 길은 별로 가파르지 않았다.

올라갈수록 길섶에 풀이 우거져 길은 점점 좁아졌고, 길바닥에 나뒹구는 돌멩이들 때문에 걷기가 힘들었다. 온통 나무뿐인 산속은 시원할 법도 하지만 바람 한 점이 없었다. 빽빽이 치솟은 나무들이 오히려 답답하게 느껴졌다. 리나의 걸음은 점점 느려졌고 대신 호흡은 빨라져 헐떡거리기 시작했다. 어느새 가파른 오르막길에 접어든 모양이었다.

'이게 뭐야, 극기 훈련도 아니고. 날씨는 왜 이렇게 더운 거야. 가방은 또 왜 이렇게 무겁고. 어우! 숙제 거리는 왜 챙겨 와서 이 고생이냐고.'

원망스러운 듯 가방을 노려보던 리나는 가슴이 철렁 내려앉았다. 우산이 없었다. 조금 전까지 떨어뜨리지 않도록 주의하면서 걸었는데…….

뒤돌아서서 왔던 길을 살폈다. 저만치 아래쪽에 희끄무레한 것이 보였다.

'후유, 다행이다.'

우산이 있는 데까지 뒤돌아 간 리나는 가방을 내던져 버리고 철퍼덕 주저앉았다. 한 걸음도 더 걸을 수 없을 정도로 기진맥진 상태였다.

목덜미를 타고 땀이 줄줄 흘러내렸다. 손수건을 꺼내 땀을 닦고, 내친김에 약도도 꺼내서 살펴보았다. 나이 든 경찰관이 그려 준 약도에는 신사 부근에 화살표가 표시되어 있고, '여기에서 조금 더 올라간다'라고만 적혀 있었다.

'더 올라가야 하나 보네.'

리나는 한숨을 내쉬며 산길을 올려다보았다. 바로 옆 삼나무 앞에 뭔가가 박혀 있는 게 눈에 들어왔다. 눈을 가늘게 뜨고 보았다. '안개 골짜기'라고 쓰인 빛바랜 나무판이었다.

삼나무 숲속을 들여다보았다. 아무리 둘러보아도 끝없이 이어지는 울창한 나무숲뿐이었다. 게다가 부스럭 소리 하나 없이 고요했다.

'그냥 돌아갈까. 나는 여기 오고 싶지 않았어. 아빠가 억지로 보내서 온 거지……'

리나는 마음을 정하지 못한 채 천천히 일어났다.

갑자기 바람이 휘잉 불어왔다. 숲이 일제히 서걱서걱 사락사락 수런거리고, 우산이 저절로 확 펼쳐지더니 그대로 바람에 날아가 버렸다. 리나는 재빨리 우산을 잡으려고 손을 뻗었지만 우산은 두 그루의 히말라야삼나무 사이로 쏙 숨어 버렸다. 리나는 황급히 가방을 꽉 움켜쥐고 히말라야삼나무 사이로 뛰어 들어갔다.

키 큰 나무들이 빽빽이 들어찬 어두컴컴한 숲속에 희끄무레한 것이 보였다. 우산이었다. 하지만 리나가 쫓아가자 우산은 조금 더 도망갔다. 리나는 그런 식으로 조금 더, 조금 더 도망가는 우산을 정신없이 쫓아다녔다. 그런 리나를 비웃는 듯 머리 위에서 나무들이 와삭거렸다.

문득 정신을 차리자 눈앞에 뿌연 것이 흐르고 있었다. 그것이 안개라는 걸 알았을 땐, 이미 1미터 앞도 보이지 않을 정도로 주위에 온통 안개가 뿌옇게 뒤덮여 있었다.

전혀 예상치 못한 상황에 맞닥뜨린 리나는 파랗게 질린 채 옴짝달싹도 할 수가 없었다.

"저녁이 되려면 아직 멀었고, 그렇게 높이 올라오지도 않았어. 그러니까 안개는 금방 걷힐 거야. 괜히 돌아다니다 길을 잃을 수도 있어."

리나는 스스로를 다독이듯 자신에게 그렇게 들려주었다. 그러곤 터지려는 울음을 애써 참으며 그 자리에 멈춰 선 채 한 발짝도 움직이지 않았다.

방금 전까지 땀이 나던 몸이 오슬오슬 떨기기 시작했다. 팔에는 이미 소름이 돋아 있었다.

'조금이라도 움직여서 몸에 열을 내야겠어.'

리나는 온몸의 기운을 끌어모아 하나, 둘, 하나, 둘 하고 제

자리걸음을 했다.

'왠지 이상해.'

리나는 생각했다. 뭔지는 모르지만 이상했다. 발밑에 느껴지는 감촉은 흙이 아니었다. 게다가 단단한 것에 닿는 것처럼 탁탁 소리가 나는 것 같았다. 리나는 몸을 구부리고 발밑을 살펴보았다. 왼발은 풀 위에, 오른발은 돌 위에 있었다. 그것도 평평한 돌. 리나는 한 발을 들어 조심스레 안개 속으로 내디뎠다.

역시나 돌 위에서 리나의 하얀 구두가 탁 하고 소리를 냈다. 리나는 그 소리를 확인하면서 한 걸음씩 나아갔다. 그렇게 얼마나 걸었을까, 이윽고 막이 열리듯이 안개가 스르르 걷혔다.

리나는 입을 떡 벌린 채 둘레둘레 주위를 보았다. 눈앞에 작은 마을이 있었다. 여기가 경찰관이 말했던 은광 마을일까? 머릿속에 그렸던 모습과는 많이 달랐다. 리나는 불그스름한 흙 위에 따닥따닥 붙어 있는 거무칙칙한 작은 집들을 상상했다. 하지만 짙은 초록으로 뒤덮인 숲속에 빨강과 크림색 집이 있고, 납작한 돌이 깔린 길바닥은 비 내린 뒤처럼 축

축하게 젖어 있었다. 집은 여섯 채뿐이었다. 거리에 사람이 없어서인지 무척이나 고요했다. 꼭 어느 낯선 나라에 온 것 같았다.

리나는 뒤돌아서 가방을 집어 들고는 납작한 돌이 깔린 길을 걷기 시작했다. 타닥타닥 울리는 리나의 발소리만이 숲속으로 빨려 들어갔다.

집집마다 길을 향해 커다란 창문이 나 있고, 하나같이 반짝반짝 잘 닦여 있었다. 크림색 집은 책방인 듯했다. 커다란 창문 너머로 책이 빼곡히 꽂힌 책장이 보였다. 그 맞은편 집은 배 만드는 도구를 파는 선구점이었다. 책방 옆집에는 도자기가 진열되어 있고, 그 건너편으로 보이는 새빨간 문이 달린 집은 장난감 가게였다. 문을 열고 들어가면 온갖 신기한 장난감들로 넘쳐 날 것 같았다. 그 옆은 분명 과자 가게일 것이다. 리나는 달콤한 분위기가 물씬한 분홍색 문을 보고 그렇게 짐작했다.

과자 가게와 마주 보는 집에는 유일하게 정원이 있었다. 빨간 벽돌 벽에 하얗게 테두리를 두른 이 집은 다른 집들에 비해 꽤 컸다. 마찬가지로 이 집에도 커다란 창문이 나 있었다.

리나는 덩굴장미가 칭칭 감고 올라간 대문 앞에 서서 정원이 있는 커다란 집을 바라보았다. 어딘지 이상한 집이라고 생각한 건 너무 많은 굴뚝 때문이었다.

"산속에 이런 마을이 있다니, 믿을 수가 없어."

리나는 멍하니 혼잣말을 하고는 화들짝 놀랐다. 그 커다란 집 현관에 리나의 우산이 세워져 있었다. 그뿐이 아니었다. 손잡이에 달린 피에로 얼굴이 리나를 보며 히죽 웃고 있었다. 리나는 우산을 되찾으러 대문 안으로 들어갔다.

하숙집,
피코토 저택

리나가 우산을 손에 쥔 것과 동시에, 현관문이 끼이익 열리고 갈라진 목소리가 들려왔다.

"리나냐. 그러잖아도 슬슬 도착할 때가 됐지 싶어 기다리고 있었다. 들어오려무나."

리나는 그제야 여기가 자신이 찾던 집이라는 걸 알았다.

집 안에서 빵 굽는 냄새가 솔솔 새어 나왔다. 곧 점심때였다. 리나는 갑자기 배가 고파졌다. 안을 들여다보니, 현관에서 오른쪽으로 난 문이 열려 있었다.

거기서 아까 그 목소리가 들려왔다.

"뭘 그리 꾸물거리는 게야. 나는 굼벵이는 딱 질색이다."

왠지 화가 난 것 같았다. 리나는 목소리가 들려오는 방으로 쭈뼛쭈뼛 들어갔다. 창가에 커다란 꽃무늬 소파가 자리 잡고 있고, 거기에 까만 얼룩처럼 자그마한 할머니가 오도카니 앉아 있었다.

할머니는 리나를 쳐다보지도 않았다. 보지 않아도 안다는 듯이 쿠키를 먹으면서 홍차를 홀짝거리고 있었다. 리나는 어찌할 바를 모르고 자신을 무시하는 할머니를 그저 바라보고 서 있을 수밖에 없었다. 한동안 그렇게 두 사람은 말이 없었다.

드디어 할머니가 입을 열었다.

"6학년이나 된 애가 인사도 제대로 못 하는 게냐?"

리나는 허둥지둥 고개를 꾸벅 숙여 인사했다.

"안녕하세요, 저는 우에스기 리나입니다. 앞으로 잘 부탁드립니다."

"흥, 누구한테 부탁한다는 거지? 내가 널 돌봐 주기라도 하랴?"

할머니는 빈정거리면서도 여전히 리나를 보지 않았다. 리

나는 당황스러웠다.

"저기, 아빠가요……."

리나가 말을 꺼내자마자 할머니는 말끝을 천천히 쑤욱 올려서 다그치듯 물었다.

"뭐라고 하던?"

특별히 아빠가 무슨 말을 한 건 아니었다. 단지 이렇게 말했을 뿐이다.

"아빠가 옛날에 신세 졌던 사람이 안개 골짜기에 있어. 한 번 가 봐."

왜 가라고 하는지 물었지만 아빠는 별다른 설명 없이 "해마다 나가노 할머니 댁에 가잖아. 한 번쯤 색다른 데 가 보는 것도 좋겠다 싶어서." 하고 덧붙였다.

'아빠 말만 믿고 여기까지 왔는데, 이게 뭐야. 역에 아무도 마중 나오지 않고, 고생고생해서 겨우 찾아왔더니 이렇게 무시하다니.'

리나는 이런 푸대접은 생전 처음이었다. 나가노 할머니였다면 싱글벙글 웃으면서 "어이쿠, 잘 왔다, 잘 왔어." 하고 반갑게 맞이했을 것이다.

그런 생각을 하자 리나는 뒤돌아서 그대로 집에 돌아가고 싶었다. 불안이 밀려왔다. 울지 않으려고 마음먹었지만 금방이라도 눈물이 터질 것 같았다. 역에 혼자 있을 때보다 더 막막했다.

할머니는 그런 리나를 보면서 태연하게 오도독오도독 쿠키를 먹었다.

"그럼, 집에 돌아갈게요."

리나는 이렇게 말하는 게 고작이었다. 곧바로 할머니의 말이 날아왔다.

"누가 돌아가라고 했지?"

"지금 할머니가……."

"내가 뭐라고 하던?"

할머니 목소리에서 심술이 덕지덕지 묻어났다.

결국 리나는 눈물이 터지고 말았다. 할머니는 눈물을 흘리는 리나를 흘끗 보았다.

"너는 잘 모르는 모양인데. 이 피코토 저택은 조상 대대로 내려오는 안개 골짜기의 하숙집이다."

할머니는 차를 한 모금 홀짝 마시고는 말을 이었다.

"그러니 여기에서는 자기가 자고 먹는 건, 흐음 그걸 뭐라더라……."

할머니는 잠시 뜸을 들였다. 말을 찾는 것 같았다.

"그래그래 하숙비. 그 하숙비는 네가 직접 일을 해서 벌어야 한다. 그러니 누구에게도 폐 끼칠 일이 없는 게지. 흐음, 그 뭐라더라."

할머니는 다시 말을 찾는 듯하더니, "일하지 않는 자, 먹지도 말라. 그래, 딱 그거야." 하고 스스로도 뿌듯한 듯이 고개를 끄덕였다.

"돈이라면 가져왔는데요."

리나는 그제야 마음이 놓였다. 하지만 노려보는 할머니의 눈을 보자 다시 마음이 움츠러들었다.

"그래? 그럼, 그건 네 돈이겠지?"

할머니는 확인하듯 리나에게 물었다. 리나는 고개를 끄덕였다.

"네가 일을 해서 번 돈이지?"

리나는 어리둥절한 얼굴로 천천히 고개를 옆으로 흔들었다. 그 돈은 아빠에게 받은 여름 방학 용돈이었다.

"일해서 번 돈이 아니면 안 된다. 내가 아까 말했지? 스스로 일을 하라고."

"하지만 저는 아무것도 할 줄 모르는걸요."

리나는 어쩔 줄을 몰랐다. 스스로 생각해도 제대로 할 줄 아는 게 아무것도 없었다. 글씨를 예쁘게 쓰는 것도 아니고, 수학 문제를 풀 때도 덤벙대다가 꼭 실수를 하곤 했다. 학교와 학원에 다니는 것만으로도 하루가 다 가기 때문에 집안일을 거든 적도 없었다. 당연히 요리도 빨래도 못 한다. 칼로리 계산법은 학교에서 배웠기 때문에 외웠지만 요리를 맛있게 만드는 법은 전혀 모른다.

암담해하고 있는 리나에게 할머니가 말했다.

"손이 있고 발이 있잖느냐. 눈도 코도 귀도 별 이상은 없어 보이는데."

잠시 말을 끊고는 한마디 덧붙였다.

"누가 아무것도 할 수 없다고 하던?"

리나는 이제 이 소파의 얼룩 같은 할머니에게서 어떻게든 도망치고 싶었다. 할머니는 리나의 생각을 아는지 모르는지 아랑곳하지 않고 재촉하듯 말했다.

"우산은 우산꽂이에 넣어 둬. 네가 쓸 방은 2층 오른쪽에서 두 번째다. 거기에 짐을 갖다 두고 식당으로 오려무나. 점심 식사가 준비되어 있다."

리나는 마음을 정하지 못한 채 그대로 서 있었다. 하지만 할머니는 리나가 여기에 머물 거라고 믿어 의심치 않는 모양이었다.

"뭘 꾸물거리는 게야!"

할머니의 엄한 목소리가 날아왔다.

화들짝 놀란 리나는 뛰다시피 후다닥 방을 나왔다. 그 순간, 맞은편 방에서 내다보던 머리 세 개가 쏙 들어가면서 문이 쾅 닫히고, 동시에 째지는 듯한 비명이 울렸다.

"으아악!"

곧이어 요란하게 울부짖는 소리가 들려왔다.

"내 코! 내 코가!"

그 소리를 듣자 리나는 마음이 살짝 움직였다. 여기에 있어 볼까 하는 쪽으로 기운 것이다. 저 할머니와 단둘이서 지내는 건 아닌 모양이었다. 게다가 어딘지 모르게 이 마을과 이 집에 마음이 끌렸다. '한 번쯤 색다른 데……'라는 아빠의 말처럼 이곳은 정말로 색다른 곳이었다.

리나는 2층으로 올라가 할머니가 말한 오른쪽 두 번째 방 앞에 섰다. 문에 피에로 손잡이가 달려 있었다.

문을 열었다. 여기에 있어 보고 싶다는 생각이 아까보다 조금 더 들었다. 하늘하늘 얇은 분홍색 커튼, 같은 색 침대보, 작은 책상과 의자, 옷장에는 웃는 피에로 얼굴이 새겨진 장식이 붙어 있었다. 방 오른쪽에 있는 문을 열어 보았다. 욕실과 화장실이었다. 세면대 옆에는 분홍색 수건이 단정히 걸려 있었다.

리나는 방이 마음에 쏙 들었다. 어릴 때부터 계속 작은 아파트에 살고 있는 리나는 지금껏 자신의 방을 가져 본 적이 없었다. 이 방에서 지낸다면 저 할머니의 심술쯤은 견뎌 낼 수 있을 것 같았다. 리나는 여기에 있기로 마음을 정하고 짐 정리를 시작했다.

책과 공책은 책상에, 갈아입을 옷은 옷장에 넣었다. 대충 정리를 마치고 창문을 열었다. 손을 뻗으면 닿을 만큼 가까이에 눈부시게 선명한 진분홍색 배롱나무꽃이 구름처럼 몽글몽글 피어 있었다.

"잘 부탁해."

리나는 배롱나무에게 인사했다. 사무치게 혼자라고 느껴져, 배롱나무에게라도 매달리고 싶은 심정이었다. 그만큼 불안했다.

리나는 땀범벅이 된 얼굴을 씻고, 흐트러진 머리를 풀어 다시 묶었다. 머리는 지금껏 엄마가 묶어 주었던 터라 야무지게 묶이지 않았다. 리나는 하나로 묶은 머리를 두 손으로 갈라 잡고 힘껏 당겼다. 느슨하던 묶음 머리가 꽉 묶였다.

잔뜩 긴장해서 1층으로 내려가자, 계단 옆 할머니 방에서 부르는 소리가 났다.

"리나, 이리 오려무나."

리나는 할머니 방으로 들어갔다.

"식당에 데려다주마. 아참, 아까 깜빡하고 내 이름을 말하지 않았구나. 나는 피피티 피코토라고 한다."

할머니는 소개를 마치고 소파에서 스윽 일어났다.

그제야 리나는 할머니를 자세히 볼 수 있었다. 키는 리나와 비슷했고, 은색 머리카락을 땋아 머리통에 친친 둘러 감았다. 그 때문인지 머리가 엄청 커 보였다. 게다가 여름인데도

손목까지 내려오는 긴소매에 옷자락이 복사뼈까지 닿는 치렁치렁한 검정색 옷을 입고 있었다.

할머니가 리나에게 다가오더니 위에서부터 찬찬히 뜯어보았다.

"어디 보자, 눈이 나쁘구나. 안경을 써. 자꾸 찡그리고 보면 주름 생긴다. 머리는 왜 그 모양이냐. 예쁜 얼굴도 아니고만 머리라도 제대로 하고 다녀야지. 어디 한 군데 봐 줄 만한 구석이 없잖아. 몸은 왜 그렇게 뚱뚱해."

리나에 대한 품평이 끝났는지 할머니는 냉큼 자리를 떴다.

리나는 마치 악마의 말을 들은 것 같았다. 처음 보는 사람에게 결점을 조목조목 지적당하자 리나의 자존심은 뭉개질 대로 뭉개졌다.

'뭐 저딴 사람이 다 있어! 마귀할멈 같아!'

리나는 눈물이 그렁그렁한 눈으로 할머니의 등을 노려보았다.

"뭘 그리 꾸물거리는 게냐!"

식당 문 앞에서 할머니가 돌아보지도 않고 나무랐다.

리나는 고개를 푹 떨군 채 식당 안으로 들어가서 할머니가 지정해 준 의자에 앉았다. 그대로 계속 고개를 들지 않았다. 눈물로 얼룩진 얼굴을 보이기 싫었다.

"자, 소개하지. 이 아이는 오늘부터 피에로 방에서 지내게 될 리나."

고개를 더 깊이 숙이고 리나는 재빨리 눈물을 닦았다.

"리나, 네 왼쪽이 잇 씨다. 발명가지."

리나는 왼쪽 옆에 앉은 남자를 힐끔 보았다. 희끗희끗한 머리가 보였다. 그 사람은 리나를 보고 벙그레 웃으며 인사했다.

"안녕."

잇 씨의 얼굴을 본 리나는 그만 풋 하고 웃음을 터뜨리고 말았다.

'와아, 저 코 좀 봐. 어쩜 저렇게 크고 둥글지? 거기다 새빨 갛기까지! 아, 이 사람이었어. 아까 문에 코가 끼어 비명을 질렀던 게.'

리나가 크게 웃자 다른 사람들도 덩달아 웃음을 터뜨렸다. 잇 씨도 따라 웃기 시작했다.

"아, 그게 어떻게 된 일이냐면, 아까 너를 보려고 문밖에 얼굴을 내밀었는데 기누 씨가 갑자기 문을 닫는 바람에⋯⋯."

잇 씨가 머리를 긁적이며 그때 상황을 들려주었다. 겉모습은 꽤 나이 들어 보였지만 목소리도 말투도 무척 젊은 느낌이었다.

"잇 씨 맞은편이 기누 씨. 지금은 빨래와 청소를 해 주고 있다."

소매 달린 새하얀 앞치마 차림에, 눈이 큰 여자가 싱긋 웃었다. 리나는 왠지 엄마 생각이 났다.

"그리고 기누 씨 옆이 존. 우리 집의 훌륭한 요리사야."

"빨리 끝내시는 게 좋겠어요. 애써 만든 수프가⋯⋯."

맥주 통처럼 뚱뚱하고 얼굴이 불그레한 사람이 리나를 향해 고개를 까딱하고는 투덜거렸다. 하지만 할머니가 휙 노려보자 입을 다물어 버렸다.

"마지막으로 젠틀맨."

할머니는 자신의 왼쪽 옆을 보았다. 거기에는 금빛 털에 초록색 눈을 가진, 커다란 고양이로 보이는 동물이 의자에 앉아 있었다.

젠틀맨은 리나를 뚫어지게 보았다. 리나는 그 깊은, 늪 같

은 눈동자에 빨려 들어갈 것만 같았다.

점심을 먹는 내내 리나는 애써 할머니와 젠틀맨의 눈을 피했다. 그래도 요리는 맛있었고, 옆에 앉은 잇 씨가 친절하게 소스와 빵을 집어 준 덕분에 조금은 긴장이 풀렸다. 존은 리나의 왕성한 식욕에 아주 만족하는 눈치였다.

식사를 마친 뒤, 리나는 방으로 돌아와 창밖의 배롱나무를 바라보았다. 새삼스럽게 여기는 하숙집이구나 하고 느꼈다. 식사 시간에는 다 같이 모여서 먹었지만 식사가 끝나자마자 제각각 자기 방에 들어가서 나오지 않았다. 집과 할머니 집에서처럼 옹기종기 모여 이야기를 나누는 일은 없을지도 모른다고 생각하자, 여기서 지내 보기로 했던 마음이 다시 흔들리기 시작했다.

"엄마는 지금 뭐 하고 있을까."

엄마 생각을 하자 왈칵 눈물이 났다.

'오늘은 계속 울기만 하네. 여태껏 내가 울보라고 생각한 적은 없었는데.'

리나는 속으로 생각했다.

"나 원래는 잘 안 울어."

배롱나무를 향해 리나가 말했을 때, 똑똑 노크 소리가 났다. 리나는 화들짝 놀라 얼른 눈물을 닦고 쭈뼛쭈뼛 문을 열었다. 문밖에 잇 씨가 서 있었다.

"리나, 방에만 있으면 심심하잖아. 나와 봐, 집 안내를 해 줄 테니까."

벙글벙글 웃으며 말하는 잇 씨에게 리나는 고개를 끄덕였다. 자신을 찾아 준 것이 기뻤다.

잇 씨 뒤를 따라가면서 리나는 궁금한 것을 물어보았다.

"여기가 은광 마을이에요? 아니면 은광 마을은 다른 곳인가요?"

잇 씨가 놀란 얼굴로 리나를 뒤돌아보았다.

"몰랐나 보구나. 여기는 은광 마을이 아니야. 정식 이름은 안개 골짜기 마을. 하지만 우리는 '뒤죽박죽 거리'라고 부르지. 여기 사는 사람들은 재미있게 말하는 걸 좋아하거든."

"뒤죽박죽 거리라고요?"

리나는 얼떨결에 큰 소리를 내고 말았다.

'어쩜 이렇게 말도 안 되는 이름이 다 있담. 은광 마을이 훨씬 낫네.'

하지만 잇 씨는 '좋은 이름이지?'라고 말하는 듯 씨익 웃었다. 그런 잇 씨를 보자 리나는 차마 자신의 생각을 소리 내어 말할 수 없었다.

잇 씨는 집 안 여기저기를 얼추 안내한 뒤, 존과 잠시 이야기를 나누자며 부엌으로 들어갔다. 하지만 부엌에 존은 없었다.

"흐음. 밭에 갔나 보군."

그렇게 중얼거리고 잇 씨는 리나를 데리고 집 밖으로 나갔다. 과자 가게 옆으로 난 어슴푸레한 숲속 오솔길로 들어가 얼마간 걸어가자, 갑자기 사방이 환해지면서 넓디넓은 밭이 나타났다.

양상추밭 한가운데에 양상추들의 임금님처럼 존이 서 있었다. 멀리서 본 존은 커다란 공 같았다.

"존!"

잇 씨가 소리쳐 불렀다. 리나와 잇 씨를 알아본 존은 "오우!" 하고 손을 흔들고는 큰 소리로 외쳤다.

"당근 두 개, 양배추 큰 걸로 한 통! 그리고 포도 한 바구니만 따 줘."

"알았어."

잇 씨는 당근밭과 양배추밭으로 가서 각각 존이 부탁한 만큼씩 뽑았다.

드넓은 밭에는 온갖 채소가 한 구획씩 심겨져 있고, 밭 오른쪽 옆에는 작은 목장과 과수원도 있었다. 다음으로 잇 씨는 과수원으로 가더니 리나에게 바구니를 들려 주었다. 그러고는 포도를 따서 리나가 든 바구니에 담았다.

이윽고 셋은 밭을 나왔다. 리나는 포도 바구니를, 존은 두 팔에 양배추와 양상추를 가까스로 안고, 잇 씨는 당근과 파와 시금치를 옆구리에 낀 채였다.

저택으로 돌아오는 길에 리나가 물었다.

"저 밭이랑 목장은 피코토 저택 거예요?"

"아니. 뒤죽박죽 거리의 공동 소유지."

존이 대답했다.

"누구든 필요할 때, 필요한 만큼만 가져다 먹어."

이번에는 잇 씨가 말했다.

"씨 뿌릴 때만 다 같이 일하고, 그 후로는 교대로 밭을 돌보고 있지."

"다 같이 한다면……. 그 할머니도 밭일을 해요?"

리나는 소파의 얼룩 같은 할머니를 떠올렸다.

"밭에 나오기야 하지. 피코토 할머니는 일하지 않는 자, 먹지도 말라, 라는 말을 신조로 삼을 정도니까 말이야. 하지만 별 도움은 안 돼."

잇 씨는 고개를 살래살래 흔들었다.

"피코토 할머니가 나오면 까마귀 한 마리, 참새 한 마리도 얼씬하지 않아. 허어, 그리고 보니 허수아비에게는 제대로 도움이 되겠는걸."

존의 말을 듣고 잇 씨는 웃음을 터뜨렸지만 리나는 고개가 절로 끄덕여졌다. 그 할머니가 나타나면 리나도 도망치고 싶어질 것 같았다.

사흘 정도는 그렇게 정신없이 보냈다.

리나는 두 친구, 그러니까 존과 잇 씨 사이를 바쁘게 왔다 갔다 하느라 집 생각을 할 겨를이 없었다. 게다가 이곳은 '뒤죽박죽 거리'라는 이름답게 놀라움의 연속이었다…….

그 한 가지 예로, 잇 씨에게서는 언제나 약품과 기름 냄새

그리고 꽃향기와 났다.

리나는 저녁을 먹고 나면 대개 잇 씨의 방에 놀러 갔다. 하지만 처음 그 방에 들어갔을 땐 여기에서 30분이나 견딜 수 있을까 싶었다. 방 네 귀퉁이에 자리 잡고 있는 배불뚝이 오뚝이 인형처럼 생긴 난로에서 석탄불이 활활 타고 있었으니까.

그 모습을 이상히 여긴 리나가 물었다.

"아저씨, 아저씨는 추위를 많이 타요?"

"이건 내 일이야."

잇 씨는 그 말만 하고 자세한 이야기는 들려주지 않았다.

요리사 존은 잇 씨의 방을 '적도 직하'라고 불렀다. 일 년 내내 태양의 직사광선을 받는 지역으로 매우 더운 곳이라고 했다. 가 본 적은 없지만 적도 직하처럼 더울 게 틀림없다는 게 존의 의견이었다.

리나는 어느새 이 적도 직하 같은 방에서도 몇 시간이고 잇 씨와 이야기할 수 있게 되었다. 가장 덜 더운 곳을 찾아내는 요령을 터득했기 때문이다.

잇 씨의 방에는 난로만 있는 건 아니었다. 인쇄 기계며 온

갖 약품이 든 병, 플라스크 그리고 많은 책과 공책이 발 디딜 틈이 없을 정도로 방을 가득 메우고 있었다. 침대가 있지만 약이 든 커다란 병에 점령당하고, 잇 씨는 해먹을 매달아 놓고 잠을 잤다.

그렇게 뒤죽박죽 어수선한 방 안에서 잇 씨는 더위 따위는 아랑곳하지 않고 땀을 뻘뻘 흘리면서 연신 뭔가를 두드리기도 하고 서로 섞기도 했다. 리나는 무엇인지 가늠도 할 수 없는 것들이었다. 잇 씨는 또 걸핏하면 볼트와 너트, 스패너와 쇠망치를 어디 두었는지 잊어버리기 때문에 리나가 그것들을 찾아 주곤 했다.

존은 늘 반짝반짝하게 닦인 부엌에 있었고, 잠잘 때 외에는 자기 방에 들어가지 않았다.

오후 3시에는 다 같이 차를 마셨지만 존은 리나와 젠틀맨에게만 특별히 오전 10시에도 간식을 챙겨 주었다. 젠틀맨에게는 언제나 5센티미터 크기의 네모난 버터를 주었고, 리나에게는 차가운 우유와 과자를 내주었다.

존은 말도 많았지만 웃기도 잘했다. 존이 커다란 몸을 흔들어 대면서 웃기 시작하면 냄비와 프라이팬까지 달가닥달

가닥 흔들렸기 때문에 리나는 부엌 전체가 웃는 것 같다고 생각했다.

"난 요리라면 누구에게도 지지 않는데 말이지, 솔직히 과자 종류만은 토케를 못 당하겠단 말이야."

존의 말에 리나가 물었다.

"토케가 누구예요?"

"건너편 과자 가게 주인. 토케네 과자는 얼마나 맛있는지 한없이 들어간다니까. 도무지 질리지가 않아. 어디 그뿐인 줄 알아, 살도 안 찐다니까. 리나, 지금 먹는 그 젤리, 맛있지?"

"네, 엄청요."

"그거 토케네 가게 젤리야. 살찔 걱정 없으니 안심하고 먹어도 돼."

존은 말을 마치고 한쪽 눈을 찡긋해 보였다.

리나는 단것이라면 사족을 못 쓰지만 여기서 더 살이 찌면 안 된다고 자제하고 있었다. 존에게 이런 자신의 마음을 말한 기억이 없는데, 존이 리나의 마음을 눈치챈 모양이다.

"하지만 내가 해 주는 점심을 못 먹을 정도로 먹는 건 안 돼. 토케네 가게 젤리도 끝내주게 맛있지만, 내 샌드위치로 말할 것 같으면 세상에 없는 맛이거든."

존의 말은 과장이 아니었다. 존의 요리는 다 맛있었다. 식탁에 넘치도록 올라오는 요리는 한 번도 남은 적이 없이 싹싹 비워졌다.

젠틀맨은 언제나 의자에 반듯하게 앉아서 존이 이야기할 때는 존을, 리나가 이야기할 때는 리나를 그 투명한 초록색 눈동자로 빤히 바라보았다. 그리고 말을 알아듣는 듯이 이따금 고개를 끄덕였다.

존은 젠틀맨을 썩 마음에 들어 하는 눈치였다. 피코토 저택에서 유일하게 부엌에 자유롭게 드나들 수 있는 건 젠틀맨뿐이었다. 부엌은 존의 왕국이었다. 아무리 피코토 할머니(모두가 이렇게 부르기 때문에 리나도 그렇게 부르기로 했는데)라도 부엌에 함부로 들어가지 못했다. 음식을 손으로 집어 먹기라도 하면 존은 불같이 성을 낸다고 했다.

젠틀맨만이 온 저택을 자유롭게 돌아다녔다. 소리 내지 않고 살금살금. 존은 리나에게 젠틀맨에 대해 귀띔해 주었다.

"리나, 젠틀맨을 귀찮게 하면 안 된다. 녀석은 혼자 있는 걸 좋아해. 혹시라도 성가시게 하면 녀석이 그 날카로운 발

톱으로 네 코를 할퀼지도 몰라. 잇 씨가 한 번 당한 적이 있지. 가뜩이나 빨갛고 큰 코가 계속 부풀어 오르는데, 말도 마라. 나중에는 얼굴에 꼭 잘 익은 사과가 매달려 있는 것 같더라니까."

그때 모습이 다시 떠오르는지 존은 고개를 끄덕이며 중얼거렸다.

"으음, 평소에는 잘 익은 자두 같지만 말이야."

존은 저녁 식탁에 올릴 새빨간 자두가 수북이 담긴 접시로 눈길을 돌렸다. 그러고는 갑자기 배를 출렁출렁 흔들어 대면서 웃어 젖혔다. 확실히 잇 씨의 코는 자두와 똑같이 생겼다.

리나는 피코토 저택에 오고 나서 첫 일요일을 보냈다. 그날 밤, 피코토 할머니가 리나를 불렀다.

"내일은 월요일이구나. 내일부터는 일을 해. 일할 곳은 나타의 가게야. 여기 오면서 봤지? 마을에 있는 책방 말이다."

리나는 마을에 들어오면서 봤던 크림색 집을 떠올리고는 고개를 끄덕였다.

"거기서 무슨 일을 해요?"

리나가 물었지만 피코토 할머니는 대답 대신 이렇게 말할
뿐이었다.

"잘 자거라, 리나."

리나, 난생처음 일하러 가다

다음 날 아침, 리나는 이곳에 올 때 입었던 새하얀 원피스를 입고 식당으로 내려갔다.

'책방이니까 책을 팔겠지? 그렇다면 손님을 맞이해야 할 테니 말끔하게 차려입는 게 좋을 거야.'

지난밤에 리나는 그렇게 결론을 내렸다. 집에 있을 때는 언제나 엄마가 날씨나 상황에 맞게 옷을 챙겨 주었다. 오늘은 날씨가 추우니까 이걸 입어야지, 오늘은 누구를 만나니까 이걸 입어, 라는 식으로. 하지만 여기에서는 리나 스스로 생각하고 결정해야 했다. 잇 씨에게 의논해 보긴 했다. 하지만 약품을 만드느라 정신이 없던 잇 씨는 "아무거나 입어도 상관없어."라고 건성으로 대답했다.

아침저녁으로 인사만 나누는 기누 씨에게는 물어보기가 조심스러웠다. 하지만 나중에 리나는 역시 기누 씨에게 물어 봤어야 했다고 후회하게 될 줄은 몰랐다.

리나가 식당에 들어서자 피코토 할머니는 리나를 말끄러미 보고 한마디 했다.

"그 호박 같은 소매는 뭐냐. 참 요란하기도 하지. 누가 너더러 파티에라도 오라고 초대하던?"

"갈아입고 올게요."

리나가 말했다.

"9시까지 나타 가게에 가야 한다. 누가 너더러 갈아입으라고 했지?"

"방금……."

"내가 뭐라고 하던?"

피코토 할머니는 리나의 말을 자르고 예의 그 말투로 되물었다.

'대체 뭘 어떻게 해야 하는 거야……'

아무런 대꾸도 못 하고 쩔쩔매고 있는 리나를 억지로 의자에 앉힌 건 존이었다.

"어이쿠, 이러다 음식 다 식겠다."

꾸역꾸역 아침을 먹고 나자 존이 귀여운 바구니를 손에 들려 주고, 기누 씨는 새하얀 냅킨을 챙겨 주었다. 잔뜩 풀이 죽었던 리나는 그제야 다시 기분이 좋아졌다.

"다녀오겠습니다."

씩씩하게 인사하는 리나를 잇 씨가 따뜻하게 토닥였다.

"잘하고 와, 리나."

옆에서 기누 씨도 다정하게 웃어 주었다. 무슨 일인지 존은 의미심장한 미소를 지으며 말했다.

"리나, 특별히 맛있는 저녁밥을 해 놓고 기다리마."

젠틀맨도 "야옹." 하고 배웅해 주었다. 젠틀맨의 목소리를 듣는 건 처음이었다. 역시 고양이가 맞구나 싶었다. 하도 덩치가 커서 혹시 새끼 사자인가 의심하던 차였다.

리나는 피코토 저택 식구들에게 감사하면서 덩굴장미에 휘감긴 문을 나섰다. 발걸음도 씩씩하게.

리나는 나타의 책방을 향해 걸어가면서 '뒤죽박죽 거리'라는 이름을 기가 막히게 잘 지었다고 생각했다.

산속에 있는 멋스러운 집이 여섯 채. 그중 피코토 저택에는 피코토 할머니 방과 부엌에 각각 하나씩, 잇 씨의 방에 네 개, 총 여섯 개의 굴뚝이 솟아 있다. 지금은 한여름이지만 계절에 맞지 않게 동백꽃과 수선화는 물론 제비꽃까지 피어 있고, 은행나무는 노랗게, 단풍나무는 새빨갛게 물들어 있다. 납작한 돌이 깔린 길은 비가 내리지 않아도 언제나 축축이 젖어 있고, 나타며 토케 등 그 특이한 이름만으로는 도무지 어느 나라 사람인지 알 수 없는 사람들이 살고 있는 거리.

리나는 크림색 책방 앞에 서서 하나로 묶은 머리를 두 갈래로 나눠 잡고 양쪽으로 꽉꽉 당겼다. 느슨하던 머리가 단단히 묶이자 덩달아 마음도 다잡아지는 것 같았다.

책방 문을 열었다. 도서관 냄새가 났다. 책방은 종이와 잉크 냄새뿐이지만 도서관은 거기에 먼지와 사람의 땀 냄새가 더해진다고 리나는 생각했다. 가게 안에는 책이 쌓여 있다기보다 책장에서 넘쳐흘러 나온 듯 바닥 여기저기에 책이 흩어져 있었다.

가게 안에는 아무도 없었다.

"실례합니다."

리나가 부르자 활기찬 목소리가 들려왔다.

"어서 오세요."

청바지와 티셔츠 차림에 두껍디두꺼운 안경을 쓴 젊은 여자가 안에서 나왔다. 한 손에 펜이, 다른 손에는 빵이 들려 있었다.

여자는 붉게 충혈된 눈으로, 눈이 부신 듯 얼굴을 찡그리고 리나를 보았다.

"미안한데, 보다시피 지금 내가 좀 바빠서. 찾는 책 있니? 추리 소설? 아냐? 설마 철학서는 아닐 거고.『빨간 머리 앤』? 아니지, 그 정도는 진즉에 졸업한 느낌이야. 아, 알았다.『제인 에어』지? 맞지? 너만 한 아이들은 모두 읽고 싶어 하는 책이거든. 미안한데, 아마 여기 어디쯤에 있을 테니까 한번 들춰 봐, 찾거든 나를 부르고. 그럼 나는 바빠서 이만."

여자는 빠르게 읊어 대고는 여기저기 쌓인 책 더미 중 한곳을 펜으로 가리키고 냉큼 돌아섰다.

몇 번이나 말에 끼어들려다 실패한 리나는 여자가 안으로 들어가려는 걸 보고 그제야 황급히 소리쳤다.

"아니에요!"

갑자기 여자가 목을 쭉 빼고 캑캑거리며 버둥댔다. 우물거리던 빵을 삼키려다가 갑작스러운 리나의 고함 소리에 놀라 목에 걸린 모양이다. 리나는 재빨리 책 더미를 헤치고 뛰어가서 여자의 등을 탁탁 두드려 주며 설명하기 시작했다. 자신이 이야기할 기회는 지금뿐이라는 걸 직감적으로 알아차린 것이다.

"저는 피코토 저택에서 하숙하고 있는 리나라고 해요. 오늘부터 이 가게에서 일하게 되었어요. 『제인 에어』를 찾으러 온 게 아니고요. 그리고 그 책은 벌써 읽었어요."

거기까지 단숨에 말하고 리나는 후유, 하고 숨을 내뱉었다. 여자는 목에 걸렸던 빵이 무사히 넘어갔는지 다시 재잘거리기 시작했다.

"어머나, 그랬구나. 미안하게 됐네. 난 또 손님인 줄 알았지 뭐야. 나는 나타라고 해. 내 가게의 책들은 먼지가 쌓이면 이렇게 심통을 부리면서 바닥에 드러누워 버리지. 그래서 책에 앉은 먼지를 떨어내고 가지런히 정리해 줄 사람을 찾고 있었

어. 내가 어젯밤에 책 목록을 만든다고 밤을 꼬박 새웠거든. 지금 막 끝낸 참이야. 아침은 아까 그 빵으로 때웠고, 그럼 바로 일을 시작해 볼까. 어머나, 그런 차림으로는 안 돼. 앞치마 갖다줄게."

자신을 나타라고 소개한 여자는 속사포처럼 말을 쏟아내고는 안에 들어가서 앞치마를 가져왔다. 리나가 앞치마를 두르는 동안에 나타는 창문을 열고, 먼지떨이와 카드가 든 상자를 가져왔다. 그리고 책 제목이 적힌 카드를 읽기 시작했다.

"『대세계 대백과사전』 제 1권."

힘든 작업이 시작되었다. 둘 다 책 한 권을 찾기 위해 먼지 폴폴 날리는 책 더미 사이를 기어다녀야 했다. 나타는 심한 고도 근시여서 두툼한 안경을 쓰고도 책에 코를 박고 봐야 했기 때문에 일하는 속도가 엄청 더뎠다. 리나도 마찬가지로 근시였지만 나타보다는 훨씬 빨리 찾았다.

"이걸 나 혼자서 했다면, 거짓말 안 보태고 두세 달은 걸렸을 거야."

나타는 흘러내린 안경을 밀어 올렸다.

"여기 있는 건 다 헌책인가 봐요."

책방 안을 둘러보며 리나가 말했다.

"응, 내 가게에 있는 책은 다 헌책이야. 책이 오래되면 그만큼 매력도 커지거든."

"매력요?"

"그래, 책은 사람을 끌어당기고, 그 사람에게 영향을 주잖니. 그 힘이 바로 매력인 거지."

"가게에 들어왔을 때, 도서관 냄새가 난다고 생각했어요."

"당연하지. 책에는 읽은 사람의 냄새가 배어 있으니까. 나는 그런 책이 아니면 관심 없어."

나타는 생긋 웃었다.

점심때가 되자 나타는 가게 안에 있는 방으로 리나를 데리고 들어갔다. 숲을 향해 난 활짝 열린 창문에서 시원한 바람이 들어왔다. 방에도 책이 많았다. 리나가 책장을 둘러보는 사이, 나타는 식탁에 점심을 차렸다.

"여기 있는 책들은 내 보물이야. 한 권 한 권이 다 내가 좋아하는 책이거든."

"저는 도시락을 가져왔어요."

리나는 가져온 바구니를 들어 보였다.

"그래? 존이 챙겨 줬구나. 하긴, 내 요리를 먹고 싶어 하는 사람은 없을 거야."

나타는 고개를 끄덕이면서 부엌으로 사라졌다. 나타의 보물이라는 책들은 거의 외국어로 쓰여 있었는데 리나는 어느 나라의 책인지조차도 알 수 없었다. 리나가 알고 있는 몇몇 책 속에 섞여 『하늘을 나는 빗자루의 화학적 해석』『모습을 감추는 일반적 방법론』『마법의 주문 대전집』 등의 재미있는 제목이 보였다.

고개를 갸웃거리며 그 책들을 보고 있는 리나 뒤에서 나타가 고개를 빼꼼 들이밀고 말했다.

"넌 그런 책은 처음 볼 거야. 우리는 모두 마법사의 자손이거든. 피코토 할머니한테 못 들었어? 여기 와서 뭔가 이상하단 생각, 안 했어? 이 마을이 '뒤죽박죽 거리'라고 불린다는 건 알지? 보통 사람의 눈에는 터무니없고 뒤죽박죽으로 보일 거야, 아마."

나타는 대답할 틈도 주지 않고 질문을 퍼부었다. 리나는 깊이 생각하고 나서 질문에 하나하나 답을 했다.

"뒤죽박죽 거리라고 불리는 건 알고 있어요. 여기에 왔을 때, 이상하다고 생각했어요. 하지만 마법사의 자손이라는 얼토당토않은 이야기는 처음 들어요."

"아유, 얼토당토않은 이야기가 아니야."

나타는 사뭇 진지한 얼굴로 리나를 보았다.

'듣고 보니, 피코토 할머니는 아무리 생각해도 심술궂은 마녀야. 이 여름에 봄꽃이며 가을꽃이 피어 있는 것도 이상해. 존은 어느 모로 보나 우리나라 사람이 아닌데 우리말을 술술 하고. 마법의 힘이 이 마을 전체를 움직이고 있는 게 분명해.'

리나는 이상히 여기면서도 여전히 믿을 수가 없었다.

'만약 나타의 말이 사실이라면 나는 왜 여기에 있는 거지?'

"리나, 너도 여기서 지내다 보면 알게 될 거야. 이런 걸 어떻게 바로 믿겠니."

나타는 리나에게 앉으라는 듯이 의자를 탁탁 두드렸다.

리나는 존이 챙겨 준 도시락을 먹으면서 나중에 잇 씨와 존에게 정말인지 물어봐야겠다고 생각했다. 하지만 방금 전의 나타의 표정을 떠올리자 그 둘도 역시 "그래. 우리는 마법사의 자손들이야."라고 진지하게 대답할 것만 같았다. 이걸 어떻게 설명만으로 이해할 수 있을까. 리나는 나타의 말대로 이 마을에서 지내며 이해해 보기로 했다.

존의 샌드위치는 맛있었지만 나타와 마주 앉아 먹다 보니 입맛이 싹 달아났다.

나타 앞에 놓인 시커먼 빵 덩어리 사이에 단무지가 들어 있었다. 나타는 그 빵을 한 입 베어 먹고 톳과 대롱어묵조림을 깨작거렸다. 그러고는 다디단 잼을 듬뿍 넣은 홍차를 한 모금 마시고 매실장아찌를 입안에 휙 던져 넣었다. 그뿐이 아니었다. 시커먼 빵과 단무지 사이에서는 마요네즈가 주르르 흘러나왔다. 냅킨을 접으면서 그 모습을 본 리나는 도시락을 싸 준 존에게 새삼 고마움을 느꼈다.

그날 저녁, 피코토 저택으로 돌아온 리나는 존에게 빈 바구니를 돌려주었다. 존이 히죽히죽 웃으며 말했다.

"리나, 내일부터 도시락은 어떻게 할 거냐? 뭐, 나타가 챙겨 주는 점심을 먹는 것도 나쁘지는 않을 거 같긴 한데 말이야."

리나는 소스라치게 놀라 존에게 애원하듯 말했다.

"부탁할게요, 존. 내일도 도시락 싸 주세요, 네? 제발요!"

"아하하하! 걱정 마라, 리나. 장난으로 해 본 말이야. 누가 너한테 나타 집에서 점심을 먹게 할까 봐?"

존은 뭐가 그리 재미있는지 껄껄껄 웃었다.

"고마워요, 존. 나타는 엄청 좋은 사람이에요. 저는 나타를 정말 좋아하고요. 하지만 단무지와 마요네즈의 조합은 도무지 받아들일 수 없어요."

리나의 말을 듣고 존은 고개를 끄덕끄덕하며 말했다.

"그게 바로 나타의 유일한 결점이지. 잘 알아보지도 않고 덤벙거리면서 지레짐작하는 버릇도 있긴 한데, 그거야 뭐 본인도 마음을 쓰는 것 같으니 결점으로 꼽을 수는 없을 거고."

리나는 아침에 있었던 일을 들려주었다. 리나를 손님으로 생각하고 계속 자신의 말만 하는 나타 때문에 난처했다고. 그러자 존은 갑자기 진지한 얼굴이 되었다.

"허허허, 여전한 모양이군. 그래도 말이지, 결점 없는 사람 만큼 따분한 부류도 없거든."

그렇게 말하고는 이중 턱, 삼중 턱이 될 정도로 깊숙이 고개를 끄덕였다. 언제 들어왔는지 젠틀맨도 리나의 발밑에 오도카니 앉아 그 말에 고개를 끄덕거렸다.

"다녀왔어, 젠틀맨."

리나가 젠틀맨을 향해 인사하자, 젠틀맨도 리나에게 "야옹." 하고 다정하게 대답해 주었다.

리나가 일을 시작한 첫날이라 그런지 저녁 식사 분위기는 다른 때와 다르게 왁자했다.

"어땠니? 피곤하지 않았고? 나중에 한 알만 먹어도 피로가 싹 풀리는 약을 발명할까 봐."

잇 씨가 말을 마치자마자 사람들 앞에 놓인 접시에 슈우욱 소리 나는 스테이크를 담아 주던 존이 불쑥 끼어들었다.

"그런 약이라면 이 몸이 벌써 옛날에 발명을 했답니다. 안 그러니, 리나?"

리나는 소스가 담뿍 얹힌 스테이크를 입안 가득 넣고 씹으며 행복한 듯이 "네." 하고 웅얼거렸다.

"이런, 이런, 내가 한발 늦었군. 특허도 받았고?"

잇 씨가 빨간 코에 잔뜩 주름을 지으며 심각한 얼굴로, 너

무 진지하게 아쉬워했다. 리나는 잇 씨의 얼굴을 보고 터져
나오는 웃음을 참으며 스테이크를 삼키느라 애를 먹었다.

그런 리나를 보고 기누 씨는 쿡쿡 웃더니, 이내 정색하며
말했다.

"어머나, 원피스가 아주 먼지투성이가 되었네. 빨아 줄 테
니 내어놔."

하지만 못마땅한 듯 흘겨보는 피코토 할머니의 눈길을 느
낀 리나는 허둥지둥 손사래를 쳤다.

"아니에요, 제 손으로 빨 수 있을 거 같아요."

솔직히 자신은 없었다. 봉긋하게 부푼 소매 모양이 망가질
까 봐 걱정됐다.

"원피스 모양이 망가질 텐데. 리나, 이번엔 나한테 맡기렴."

기누 씨가 말하자, 옆에 있던 잇 씨가 그러라는 듯이 리나
를 쿡쿡 찔렀다.

"그럼, 빨아 주세요."

피코토 할머니는 리나의 대답을 못 들은 척했다.

다음 날 아침, 청바지와 티셔츠 차림을 한 리나는 손에 바

구니를 들고 서둘러 피코토 저택을 나섰다.

때마침 맞은편 과자 가게에서 달랑 수영복 바지만 입은 남자아이가 사탕과 쿠키가 든 봉지를 한 아름 들고나왔다. 리나를 본 남자아이는 주근깨투성이의 얼굴을 구깃구깃 구기며 씨익 웃었다. 리나는 남자아이와 나란히 걸으면서 생각했다.

'이 거리에서 사람을 처음 만났어.'

리나가 나타의 가게 앞에서 멈추자 남자아이도 멈춰 섰다. 그러고는 들고 있던 과자 봉지 하나를 뜯어 리나 쪽으로 내밀었다.

"한 개만 줄게."

남자아이는 '만'에 힘을 주어 말했다.

리나가 잠자코 있자 남자아이는 불타는 듯한 빨간 머리카락을 흔들면서 리나 쪽으로 봉지를 더 쑥 내밀었다.

"받아."

리나는 봉지 안에서 초콜릿색 사탕을 하나 꺼냈다.

"고마워."

"그건 입에 넣으면 안에서 다디단 크림이 퐁 하고 나오는 사탕이야. 살은 안 쪄, 걱정 안 해도 돼."

남자아이는 또 씨익 웃었다. 리나는 내심 놀랐지만 일부러 뾰로통한 얼굴을 했다.

바람이 휘잉 불었다.

남자아이는 숲 쪽으로 뛰어가 버렸다.

리나는 남자아이가 뛰어간 숲 쪽을 멍하니 바라보고 서 있었다.

"왜 그러니, 리나?"

때마침 나타가 책방에서 나왔다.

"방금 어떤 남자아이가 사탕을 하나 줬어요."

"와아, 좋겠네."

"그런데요, 그게……."

리나는 침을 꼴깍 삼키고, 눈을 동그랗게 뜬 채 방금 본 광경을 나타에게 이야기했다.

"바람이 불자 그 아이의 머리카락이 양쪽으로 갈라지고, 노란색 뿔 같은 게, 으음, 분명 뿔이었어요. 제가 똑똑히 봤어요, 뾰족한 뿔 말이에요."

"리나, 잊었니? 여기는 뒤죽박죽 거리야."

나타의 안경 너머로 보이는 눈이 웃었다.

"자, 자, 오늘도 할 일이 산더미야."

나타는 리나의 등을 밀면서 서둘러 가게 안으로 들어갔다.

리나가 나타의 책방에서 일한 지 나흘째가 되자, 책의 바다 같았던 책방 안은 책의 호수 정도로 변했다.

나타와 리나는 오늘도 온몸이 땀범벅이 된 채 어지럽게 흩어진 책들 사이를 기어다니며 책을 찾고 있었다. 그때 남학생 한 명이 책방 안으로 들어왔다. 한눈에도 무거워 보이는 가방을 든 학생은 신기한 듯 책방 안을 둘레둘레 훑어보았다.

"찾는 책이 있는 거야? 혹시, 읽고 싶은 책이 너무 많아서 뭘 골라야 할지 모르겠어? 날이 이렇게 더운데 입시 학원에 다니느라 얼마나 고생이 많니. 해적 이야기는 어때? 너무 유치한가. 그럼 끔찍한 살인 사건이 잇따라 일어나는 공포물은? 흐음, 그것도 관심 없다 이거지. 그럼……."

나타의 입에서는 평소처럼 쉴 새 없이 말이 쏟아져 나왔다. 하지만 그 학생은 나타의 말이 귀에 들어오지 않는다는 듯 책 더미에서 눈을 떼지 않은 채 고개를 갸웃거렸다.

"흐음 이상하네. 저기서 꺾어지면 바로 헌책방인데. 이런 가게가 있었던가."

학생은 계속 중얼중얼 혼잣말을 했다.

"내가 여름 방학 동안 입시 학원에 다니는 걸 저 사람이 어떻게 알지? 처음 보는 사람인데. 으음, 지금 나한테 필요한 건 수학 참고서야. 하지만 저 책이 보고 싶어. 전부터 읽고 싶었던 시집이었어."

학생은 총총 걸어가더니, 귀한 것이라도 발견한 듯 책 더미 밑에서 책 한 권을 빼냈다. 그리고 책장을 팔락팔락 넘겼다. 그 자그마한 책은 학생의 손에 척 달라붙은 채 떨어지지 않는 것 같았다.

"이거 주세요."

학생은 주머니에서 지갑을 꺼냈다. 나타는 잠시 학생을 빤히 보았다.

"돈은 됐어. 그냥 가져가."

그러고는 마치 아무도 없는 것처럼 리나에게 말했다.

"다음은 『마더 구스』. 큰 오리 그림이 있는 표지니까 금방 찾을 거야."

학생은 시집을 펼치면서 책방을 나갔다.

"책값 안 받아도 돼요?"

리나가 물었다.

"괜찮아. 지금 저 학생은 책에 푹 빠져 있어. 다른 생각을 할 겨를이 없는 거지. 나는 그런 사람에게만 책을 팔아."

그렇게 말하는 나타의 눈이 반짝반짝 빛났다.

"돈을 안 받았잖아요. 그럼 팔았다고 할 수 없는 거 아니에요?"

리나가 묻자 나타는 생긋 웃으며 대답했다.

"책을 소중히 대하고, 책 속에 푹 빠지는 모습만으로 충분해. 나는 그걸로 이미 책값을 받은 거니까."

"아까 그 학생 말이에요, 집이 요 근처는 아니죠?"

리나는 역을 따라 옹기종기 한 줄로 늘어선 마을을 떠올렸다. 입시 학원은커녕 초등학교나 있을까 싶은 작은 마을이었다.

"맞아. 이 마을은 여러 곳과 이어져 있거든. 거리와 상관없이 말이야."

"무슨 뜻이에요?"

리나는 나타를 바라보았다. 나타의 얼굴에 난감한 빛이 떠올랐다.

"으음, 그게 그러니까, 이 마을이 절실히 필요한 사람은 오게 돼 있다는 말이야. 이 마을이 절실히 필요한 사람을, 이 마을이 가려서 불러들인다고 해야 하나……."

"그럼, 그 학생에게는 이 마을이 필요했던 거네요?"

리나가 물었다.

"그랬겠지. 이 마을에 찾아온 걸 보면. 리나, 넌 어떻게 생각하니?"

리나는 그 학생에게 필요한 것은 참고서가 아니라 시집이라는 생각이 들었다. 왠지 사람들과 잘 어울리지 못할 것 같은 인상이었다.

"그런데요, 거리와 상관없다는 건 무슨 말이에요? 아직 잘 이해를 못 하겠어요."

리나가 묻자 나타는 천연덕스럽게 말했다.

"어디에 있든 상관없이 한 걸음만 내디디면 뒤죽박죽 거리에 올 수 있다는 말이야."

잠시 생각에 빠져 있던 리나는 화들짝 놀랐다.

'그럼 나는…….'

"앗, 저는, 아니 저에게 이 마을이 필요했던 걸까요? 만약 그랬다고 해도, 저는 오는 길이 굉장히 멀었는걸요."

리나는 흥분해서 소리쳤다.

"너는 초대를 받았잖아. 그러니까 정식 통로를 통해서 여기에 왔지. 또 확실하게 마중도 나갔잖니."

"아무도 마중 나오지 않은걸요."

"글쎄, 과연 그럴까?"

리나를 바라보는 나타의 얼굴에 장난스런 미소가 번졌다.

'정말로 아무도 나오지 않았다고요.'

바로 그때 노란 오리 그림이 눈에 들어왔다.

"『마더 구스』, 찾았어요."

"어머나, 저기 있었구나! 내가 얼마나 좋아하는 책인데."

나타는 흥분한 목소리로 말했다.

바카페와
토마스의 가게

다음 날 리나는 길에서 켄타우로스가 뛰어가는 걸 보았다. 그리고 나타의 책방 맞은편 가게에서 난쟁이 여섯이 머리 위로 보트를 들고 아장아장 걸어 나오는 것도 보았다. 지난번 사탕을 주었던 꼬마 요괴 때도 그랬지만 리나는 이제 놀라는 것도 잊었다.

"리나, 오늘은 바다에 관련된 책을 정리하려고. 그런데 책여섯 권이 전부 토마스 가게에 있지 뭐니. 가서 좀 받아 와줄래? 토마스한테 지금 책 정리하는 중이라고 말하고 돌려 달라고 해."

리나가 책방 문을 열고 들어가자마자 나타의 말이 와다닥 날아왔다.

"토마스가 누구예요?"

"맞은편 가게의 주인. 나와 토마스는 얼굴만 보면 싸우거든. 그래서 네가 다녀오면 어떨까 해."

"싸운다고요?"

리나가 물었다.

"걱정 마. 토마스가 좀 괴짜긴 해도 너한테는 막 대하지 않을 테니까. 자, 자, 얼른 갔다 와."

나타의 말에 등을 떠밀리듯 리나는 맞은편 가게로 갔다.

가게 앞에서부터 바다 냄새가 풍겼다. 안으로 들어가자 어두컴컴한 실내에 그물이며 밧줄, 쇠사슬, 녹슨 닻, 나이프 등이 어지럽게 흩어져 있고, 천장에는 먼지를 뒤집어쓴 튜브가 매달려 있었다.

"실례합니다."

리나가 부르자 그물 뒤에서 덩치 큰 남자가 불쑥 모습을 드러냈다. 리나는 그 남자를 올려다보았고, 그 남자는 리나를 내려다보았다. 다정한 갈색 눈에 예쁜 금발 그리고 매부리코. 꽉 다문 입에 물린 파이프에서 보라색 연기가 몽글몽글 퍼져 나갔다. 이곳에서는 바다 내음이 풍겼다.

리나가 막 입을 떼려는데 중년 남자가 가게 안으로 불쑥 들어왔다.

"이 가게는 언제 생긴 거요? 이 항구에 이런 가게는 없었던 것 같소만."

남자는 의아하다는 듯이 토마스를 보았다.

'선장이야.'

리나는 생각했다. 흰 모자에 흰 양복 그리고 웃옷에 금실로 꼬아 만든 장식 끈인 금몰이 달려 있었다. 중년 남자도 입에 파이프를 문 채였다.

"난 바다의 사내요. 내 아버지도 할아버지도 다 그랬소. 모두 바다에 미쳤던 거지. 나는 겨우 내 배를 갖게 됐소이다. 마침내 소원을 이룬 거요. 작긴 해도 튼튼하고 잘 달리는 깜찍한 녀석이라오. 내 배를 갖는 게 오랜 꿈이었소. 아버지도 할아버지도 그 꿈을 이루지 못하고 돌아가셨거든. 할아버지는 언젠가 배를 갖게 되면 선장실에 두겠다고 램프 하나를 고이고이 모셔 두었다오. 하나 꿈을 이루지 못하고 그 램프를 아버지에게 물려주셨소. 그리고 아버지도 램프에 불 한 번 켜 보지 못하고 나에게 주셨고 말이오. 한데 그 귀한 걸 말이오, 어느 항해에서 폭풍우를 만나는 바람에 잃어버리고 말았지 뭐요. 드디어 내 배를 마련했는데 그 램프가 없다니. 아, 이렇게 아쉬울 데가 없구려. 아쉬워서 미칠 것 같은 이 마음을 알겠소? 허, 내가 왜 이런 말을 주절거리고 있는지 모르겠군. 뭐, 사람들은 그깟 램프 하나가 뭘 그리 대단해서 그러냐고 비웃을지도 모르겠소. 하나 나에게는 귀하디귀한, 세상에 단 하나밖에 없는 물건이었소. 발길 닿는 대로 불쑥 들어오긴 했는데, 흐음 여기는 램프 가게가 아니군그래. 이런, 이런, 내가 왜 이렇게 지껄이고 있지."

선장은 이상한 듯 몇 번이나 고개를 휘휘 흔들고는 뒤돌아서 가게를 나가려고 했다.

"이거, 실례가 많았소이다."

그제야 토마스가 입을 열었다.

"램프를 찾으신다면, 딱 하나 있습니다만."

거칠고 쉰 목소리이지만 어딘지 모르게 따뜻함이 배어 있었다.

가게를 나가려던 선장이 돌아보았다. 토마스가 천장에 매달린 램프에 눈길을 돌리자, 선장은 빨려 들어갈 듯이 램프로 뛰어갔다.

"그래, 바로 이거야! 완전히 똑같아. 여기에 해왕성의 코끼리가 달려 있군. 찾았어!"

선장은 램프를 손에 들고 감동에 젖은 눈으로 바라보았다.

"얼마요?"

램프를 어루만지면서 선장이 물었다.

"돈은 안 내셔도 됩니다. 원래 당신 거였으니까요."

대답하는 토마스의 갈색 눈동자가 반짝반짝 빛났다. 나타도 학생에게 시집을 건넬 때 이런 눈빛이었던 걸 리나는 떠올렸다.

"고맙소이다."

선장은 램프를 보물처럼 소중히 안고 나갔다.

리나는 이미 토마스가 무섭지 않았다. 아니, 무서워했던 것조차 잊고 있었다.

"저는 나타의 책방에서 왔어요. 지금 책 정리를 하고 있거든요. 빌려 가신 책 여섯 권을 돌려 달래요."

"알았다."

토마스는 고개를 끄덕이고 방으로 들어갔다. 그리고 잠시 뒤에 빈손으로 나오더니 퉁명스럽게 말했다.

"미안하다만, 찾아도 없다고 전해라."

잠시 뒤, 리나는 토마스의 가게 안쪽으로 이어진 방을 향해 갔다. 방에 들어가자마자 리나는 뭔가에 걸려 넘어지고 말았다. 방 안은 그야말로 난장판이었다. 의자 커버는 벗겨진 채 주르르 흘러내려 있고, 몇 개나 되는 쿠션은 사방에 흩어져 있었다. 다른 탁자 위에는 마시다 만 커피잔이 수북이 포개져 있었다. 이런 데서 여섯 권이나 되는 책을 찾아내야 하다니! 책의 바다 같은 나타 가게에서 찾아내는 것보다 훨씬 더 힘들 것 같았다.

리나는 커피잔을 한데 모아 부엌으로 들어갔다가 또 소스라치고 말았다. 부엌은 방보다 더 난장판이었다. 하릴없이 리나는 커피잔을 씻는 김에 개수대에 그득한 그릇까지 짤그랑거리며 씻기 시작했다.

설거지하는 소리를 들었는지 토마스가 득달같이 달려와 버럭 소리쳤다.

　"책만 찾아가면 될 것이지, 지금 뭐 하는 거냐!"

　토마스가 험악한 얼굴을 하고 있었지만, 리나는 무섭지 않았다. 이죽이죽 구박하는 피코토 할머니보다는 훨씬 견디기 쉬웠다.

　"책 찾겠다고 집 안을 다 헤집어 놓고, 어떻게 그대로 두고 가요!"

　리나도 맞받아 소리쳤다.

　"부엌까지 휘저어 놓지 마!"

　토마스가 다시 고함쳤다. 리나는 젖은 손을 천천히 앞치마에 닦고, 탁자 위에 있는 지저분한 접시 밑에서 책 한 권을 찾아냈다.

　"아무튼 정리를 해야지 책을 찾든 말든 할 거 아니에요!"

　"나는 참아 준다만, 바카메한테 무슨 말을 들어도 징징거리지 마라."

　토마스는 얼굴을 살짝 붉히며 말을 내뱉고는 부엌을 나가 버렸다.

'흥, 누가 징징거린다고 그래요!'

리나는 속으로 톡 쏘아붙였다. 그러고는 오기가 나서 부엌을 더 반짝반짝하게 쓸고 닦았다.

오전 내내 부엌에 매달려 세 권을 찾아낸 리나는 점심때가 되자 토마스의 무시무시한 얼굴을 피해 도망치듯 나타의 가게로 후다닥 돌아왔다.

마요네즈를 듬뿍 뿌린 단무지를 행복한 듯이 아작아작 씹고 있던 나타는 난감한 듯이 말했다.

"토마스는 남이 자기 살림에 손대는 걸 싫어하는 눈치야. 내가 가끔 가서 청소해 주곤 하는데 어찌나 버럭버럭 고함을 쳐 대는지. 그 목소리가 꼭 폭풍우 치는 성난 바다 같다니까. 뭐 그렇다고 물러설 나도 아니지만. 그렇게 싸우긴 해도 토마스는 그나마 견딜 만해. 문제는 바카메야."

"아참, 토마스도 바카메가 어쩌고 그러던데, 바카메가 뭐예요?"

"새야, 앵무새. 말도 못 하게 입이 거칠어. 나랑 누가 누가 더 말이 많고 입이 험한지 다툴 정도라니까. 결국은 내가 두 손 두 발 다 들고 말지만."

진저리를 치는 나타를 보자 리나는 불안해졌다. 나타보다 더 말이 많다니, 그런 새를 감당할 수 있을까.

"저는 새 별로 안 좋아해요. 귀엽긴 한데, 만질 수가 없잖아요."

"바카메는 절대 사람을 쪼지 않아. 험한 말을 입에 달고 살아서 그렇지."

나타는 불안해하는 리나를 안심시켜 주었다.

점심을 먹은 뒤, 리나는 양동이와 빗자루를 들고 서슴없이 토마스의 가게로 들어갔다. 의자에 앉아 있던 토마스는 포기한 듯 리나를 흘끗 쳐다볼 뿐이었다.

리나는 바닥에 어질러진 쿠션을 한데 모아 창가로 가서 탁탁 털었다. 바로 그때.

"아우, 시끄러워 죽겠네 진짜. 지금은 내가 낮잠 잘 시간이라고! 그렇게 시끄럽게 굴면 내가 잠을 잘 수 있겠어, 없겠어!"

찢기는 소리가 났다. 목소리는 방의 한구석에서 들려왔다. 리나는 소리가 나는 쪽으로 다가가서 크고 둥그런 것에 씌워진 검은 천을 쭈뼛쭈뼛 끌어 내렸다.

커다란 새장 안에 새하얀 앵무새가 있었다.

"너는 누구냐! 건너편 수다쟁이 할망구가 아니잖아. 허, 그 할망구가 청소를 해도 이보다는 조용하겠다! 너는 짤까닥짤까닥 떼그럭떼그럭 우당탕탕 온 집 안을 마구 휘젓고 다니기만 하고 제대로 하는 건 없지? 저거 보라고, 저 쿠션에 아직도 먼지가 수북수북하잖아! 어우, 청소도 어떻게 하는지 모르는 모양이네. 걸레가 그게 뭐야, 더 꽉 짜야지. 힘은 펄펄해 보이는구먼. 토마스, 토마스. 이 빵빵하게 부풀어 오른 계집애는 대체 뭐야! 베이킹파우더라도 먹인 거야 뭐야!"

앵무새는 따발총처럼 쉴 새 없이 지껄여 댔다. 남의 말을 따라 하는 게 아니라 사람처럼 스스로 생각하고 이야기하는 것 같았다. 이러니 나타가 못 당하는 것도 당연했다. 리나는 앵무새가 쏟아 내는 비난과 거친 말에 화가 났지만 무시하기로 했다. 콧노래를 부르면서 속으로 '어우, 수다쟁이 앵무새 같으니라고!'라고 쏘아붙이면서, 걸레를 앵무새라고 여기고 있는 힘껏 꽉꽉 비틀어 짰다.

"진즉에 그랬어야지. 쥐어짜면 힘이 나오는 법이야. 안 그래, 아가씨? 이봐, 토마스. 쟤는 네 딸이냐? 마누라라기엔 너무 어려서 말이지."

"야, 바카메!"

가게 앞에서 토마스의 성난 목소리가 들려왔다.

"흥, 맨날 바카메(일본어로 '바보 같은 녀석'이라는 뜻)라고 부르더니, 아예 내 이름이 바카메가 되어 버렸다니까. 그건 그렇고, 이봐 베이킹파우더 아가씨. 너는 생긴 것도 못났는데 목소리도 그렇게 안 좋냐? 아우, 거기다 못 들어 줄 정도로 음치고 말이야."

리나는 더는 참을 수가 없었다. 허리에 두 손을 짚고는 몸을 휙 돌리고 빽 소리쳤다.

"뭐, 누구보고 못생겼대! 그러는 넌 나불나불 지껄이는 것 말고는 할 줄 아는 게 뭐 있는데! 없지?"

"뭐라고! 나보고 지껄이는 것 말고는 할 줄 아는 게 없다고? 이래 봬도 이 몸은 너보다 노래를 잘하거든!"

"그럼 어디 해 보시지! 얼마나 노래를 잘 부르는지 한번 해 보라고!"

리나도 물러서지 않고, 앵무새를 찌릿 째려보면서 아까보다 더 큰 소리로 쏘아붙였다.

"그렇다면 노래해 주지. 잘 들으라고."

앵무새는 에헷에헷 하고 헛기침을 하면서 한껏 거드름을 피우고는 노래를 부르기 시작했다. 노랫말이 외국어여서 의미는 알 수 없었지만 무척이나 아름답고 멋진 곡이었다. 리나는 화를 낸 것도 잊은 채 넋을 잃고 바카메의 노래를 들었다.

앵무새가 노래를 마치자, 리나는 저도 모르게 짝짝짝 손뼉을 치고 말았다.

"우아, 멋진 노래였어. 정말 잘한다! 배가 바다 밑으로 가라앉는 태양을 향해 나아가는 광경이 상상됐어."

리나가 황홀한 듯이 말하자, 앵무새는 리나 쪽을 보지 않으려는 듯 일부러 고개를 이리저리 돌리면서 말했다.

"아무튼 노래는 이렇게 부르는 거라고."

앵무새는 그 말을 끝으로 입을 다물었다.

그 뒤로 리나는 방을 청소하면서 책을 두 권 더 찾아냈다. 하지만 나머지 한 권은 온 집 안을 샅샅이 찾아도 나오지 않았다. 심지어 쓰레기통까지 뒤져 봤지만 헛일이었다. 리나는 맥이 탁 풀려 한숨을 포옥 내쉬며 고개를 들었다. 문득 눈높이에 매달려 있는 새장이 눈에 들어왔다. 그 안에 시든 채소와 빵 부스러기를 뒤집어쓴 작은 책이 들어 있었다.

리나는 애써 웃어 보이며 새장으로 다가갔다.

"저기. 앵무새야."

"내 이름은 바카메라고 하거든. 흥, 앵무새가 뭐야. 웃기고 자빠졌네. 이 몸이 그런 괴상한 이름으로 불리다니, 으으으! 오늘은 내 인생 최악의 날이야!"

앵무새는 악다구니를 쓰고는, 퉤 하고 침을 뱉었다.

"바카메 씨."

리나는 다시 정중하게 앵무새의 이름을 불렀다.

"흥, 이번에는 바카메 씨야? 이봐 아가씨, '씨'까지 붙일 건 없잖아."

"나는 리나라고 해, 바카메."

리나는 그만 토마스처럼 '바카메'라고 편하게 부르고 말았다. 뜻밖에도 바케메는 얌전하게 나왔다.

"뭔데, 리나."

"네 새장 안에 있는 책, 꺼내 가도 될까?"

"좋아, 가져가. 얼른 가져가 버려."

바카메는 문이 부서진 새장에서 나와 커다란 날개를 펼치고 가게 쪽으로 날아갔다.

"오오, 바카메. 결국 너도 쫓겨났구나. 천하의 성미 고약한 너도 항복하고 말다니."

가게에서 어이없어하는 토마스의 목소리가 들려왔다.

그러거나 말거나 리나는 아랑곳하지 않고 열심히 새장 청소를 했다. 청소를 다 마치고 방 안을 둘러보았다. 몰라보게 말끔하고 쾌적해졌다. 하지만 어쩐지 마음이 찜찜했다. 당사자들은, 정확히는 당사자와 새 한 마리는 탐탁지 않은 눈치였다. 괜한 짓을 한 건가. 리나는 지나치게 산뜻해져 버린 새장으로 눈길을 돌렸다.

'바카메에게 먹이라도 챙겨 줘야겠어.'

리나는 살그머니 뒷문으로 빠져나가 피코토 저택으로 갔다. 존에게 토마스 가게에서 있었던 일을 이야기했다.

"어이쿠, 하고 싶은 일을 열심히 했으면 됐지 뭔 걱정이냐. 뭔가를 하겠다고 마음먹어도 못 하는 사람이 얼마나 많은데. 잘했다, 리나. 자 그럼, 그 성미 고약한 바카메가 좋아할 만한 먹이를 좀 찾아 볼까."

존은 리나를 다독이고는 부엌을 이리저리 오가면서 바카메가 먹을 수 있는 상추와 비스킷을 챙겨 주었다.

토마스의 집으로 돌아간 리나는 새장에 먹이를 넣어 두고, 방과 부엌에서 찾은 책들을 가지고 가게로 나갔다. 토마스는 네모난 나무판에 뭔가를 새기고 있었다.

"토마스, 당연히 인어가 좋지. 나야 뭐 메두사도 멋지다고 생각해. 다른 거랑 다르게 특이하고 괴상하게 생겼으니까. 하지만 아가씨한테는 역시 인어나 비너스지."

토마스의 머리 위에 앉은 바카메가 재잘거렸다.

그 둘을 보며 쭈뼛쭈뼛 다가간 리나는 "제가 괜한 짓을 했어요. 죄송해요." 하고 꾸벅 고개 숙여 사과하고는 도망치듯 나타의 가게로 돌아갔다.

"우아 리나, 개선장군이 따로 없구나!"

나타는 흘러내린 안경을 밀어 올리면서 기뻐했다.

"여섯 권을 다 찾아오다니……. 바카메를 이긴 건 리나 네가 처음이야. 이 『로빈슨 크루소』는 바카메가 좋아하는 책이거든. 나도 돌려 달라고 했지. 그런데 글쎄, 두 발로 책 위에 떡 버티고 서서 생난리를 치는 거야. '내 새장에 무슨 책이 있다는 거지? 새가 책을 읽기라도 한다는 거야 뭐야! 아니면 네 가게에선 새장에 책을 꽂아 두고 파는 모양이지?' 하고."

바카메를 똑같이 흉내 내는 나타를 보면서 리나는 웃음을 터뜨리고 말았다.

"토마스에게 꺼내 달라고 부탁도 해 봤어. 그때 토마스가 뭐랬는지 아니? '새장은 바카메의 영역이야. 네가 바카메와 해결해.' 그러면서 나 몰라라 하더라고."

"바카메는 사람처럼 스스로 생각하고 말하잖아요. 그 정도면 진짜 책을 읽는 게 아닐까요?"

"말하는 것만 보면 사람보다 낫지. 하지만 책을 읽지는 않아. 표지에 있는 앵무새 그림을 좋아할 뿐이지. 봐, 하얗고 멋진 이 날개가 바카메랑 닮았잖아. 바카메는 자신의 하얀 날개를 엄청 자랑스러워하거든. 깃털이 하나라도 빠지면 얼마나 난리를 치는지 몰라."

나타는 말을 마치고 들고 있던 책의 표지 그림을 리나에게 보여 주었다.

"이 책, 바카메에게 파는 건 어때요? 바카메라면 나타가 원하는 값을 톡톡히 치러 줄 거예요."

"그러게. 나도 그 생각을 안 해 본 건 아닌데, 먼저 필요하단 말을 안 꺼내서. 내 얼굴만 보면 싸우자고 덤비니까 나도 절대 먼저 물어보기 싫은 거지. 언젠가 내가 주겠다고 한 적이 있었어. 그때는, 어휴 말도 마. 내가 너한테 그딴 걸 왜 받느냐고 난리난리를 치더라니까. 속으로는 갖고 싶으면서 말이야. 어휴, 그 성깔하고는. 어쩔 수 없지 뭐, 그 책은 없는 셈 치기로 했어. 가게에 놔둬도 바카메가 책 주인인 것 같아서 다른 사람에게 팔지도 못하겠고. 아 리나, 피곤하겠다. 이제 조금만 더 정리하면 되니까 오늘은 그만 돌아가도 돼."

나타는 한숨을 포옥 내쉬었다.

다 같이 저녁 식탁에 둘러앉았지만 리나의 머릿속은 바카메 생각으로 가득했다.

'바카메는 왜 그렇게 순순히 책을 가져가라고 했을까. 나중에 토마스가 다시 빌려다 주는 걸까. 토마스가 바카메를 위해 책을 사 주면 좋을 텐데. 아니, 나타는 토마스가 책을 소중히 다루지 않는다는 걸 아니까 팔지 않을 거야.'

좋아하는 책이 없어진 새장, 휑할 정도로 산뜻해진 새장에서 불안스레 맴도는 바카메의 모습이 눈에 아른거렸다. 괜한 짓을 했다고 자책하면서 멍하니 있는 리나의 머리 위로 피코토 할머니의 목소리가 날아왔다.

"리나. 나타의 가게에는 내일까지만 나가면 된다."

"그만 나가도 돼요?"

리나가 묻자 짤막한 대답이 돌아왔다.

"그래."

"그렇지만 저한테 일하라고 하셨잖아요."

"누가 너더러 이제 일하지 않아도 된다고 하던?"

"그게요, 방금……."

"내가 뭐라고 하던?"

또 피코토 할머니가 심술 사납게 되물었다. 리나는 입술을 꽉 깨물었다.

"일할 곳은 사방에 널려 있다."

피코토 할머니의 말투는 단호했다.

리나는 어두운 낯빛으로 잇 씨의 방으로 갔다.

"리나. 오늘은 무슨 일을 하고 왔니? 다른 때와 다른걸. 왜 그렇게 얼굴이 어두워?"

잇 씨는 난로에 석탄을 넣으면서 걱정스러운 눈빛으로 리나를 바라보았다.

리나는 일단 이 방에서 가장 시원한 창가로 가서 창턱에 걸터앉아 오늘 있었던 일을 들려주었다.

"참 별일이네. 그 사람 싫어하는 토마스가 리나를 방으로 들이고, 청소까지 하도록 내버려뒀다고? 거기에 들어갈 수 있는 건 나타뿐인 줄 알았는데. 그것도 나타의 무서운 기세에 눌려서 어쩔 수 없이 허락하는 줄 알았지."

잇 씨는 눈을 동그랗게 뜨고 리나를 보았다.

"토마스가 다른 사람들과 잘 어울리지 않아요?"

"응, 괴짜거든. 난 토마스가 무서워. 아마 다들 무서워할걸."

"어머나. 버럭버럭 소리를 지르긴 해도 갈색 눈이 엄청 다정해 보이던걸요."

리나는 선장에게 램프를 내밀 때의 반짝반짝 빛나던 토마스의 눈을 떠올렸다. 그리고 덧붙였다.

"저도 같이 소리쳐 줬어요."

"어쩌면 우린 서로를 잘 몰라서 무서워하는지도 몰라. 부딪쳐 보지도 않고 지레 겁먹고 도망치고는 멀찍이서 지켜보기만 하니까 말이야. 너처럼 무작정 덤벼 보면 좋은데. 토마스가 하는 대로 맞받아 고함도 쳐 보는 거지. 네가 그랬듯이 말이야."

잇 씨는 싱글싱글 웃으면서 리나를 보았다.

"그럴지도 몰라요."

리나는 수줍은 듯 살짝 고개를 끄덕였다. 오늘은 토마스와
도 바카메와도 서로 소리만 빽빽 질렀던 하루였다.

"하지만 리나, 너는 싸우긴 해도 순순히 바카메의 노래를
칭찬했잖아? 바카메가 아주 기뻐했을 거 같은데? 칭찬이란
걸 들어 본 적이 없었을 테니까. 평소 말 없는 토마스가 말이
많아질 때는 화낼 때뿐이거든."

"하지만 피코토 할머니처럼 이죽이죽 구박하는 것보다는
소리치는 쪽이 차라리 뒤끝도 안 남고 좋은 거 같아요, 저
는요."

리나의 말에 잇 씨가 고개를 끄덕였다.

"나도 그렇게 생각해. 아 리나, 아까 저녁 먹을 때도 한 소
리 들었지?"

"내가 뭐라고 하던?"

둘은 동시에 피코토 할머니를 흉내 내어 말꼬리를 올리고
는 풋 하고 웃음을 터뜨렸다.

하지만 리나는 여전히 걱정이 되어 토마스의 가게 쪽을 흘끔흘끔 보며 생각했다.

'토마스도 바카메도 마음이 허전하고 불안하겠지.'

"리나, 혹시 크레파스 깎는 칼 못 봤니? 어디로 섞여 들어간 것 같은데, 도통 찾을 수가 없네. 좀 찾아 주겠니?"

그제야 생각에서 빠져나온 리나가 고개를 돌리자 잇 씨가 빤히 보고 있었다.

"네!"

리나는 씩씩하게 대답하고 창턱에서 훌쩍 뛰어내렸다.

다음 날, 리나는 나타의 가게에서 마지막 책 더미를 정리하고 있었다.

"『네즈나이카』(러시아의 작가 니콜라이 노소프의 동화 3부작 시리즈)."

나타가 카드를 보고 제목을 읽었다.

책 더미 속에서 『네즈나이카』를 찾고 보니 놀랍게도 언젠가 도서관에서 빌려 읽었던 바로 그 책이었다. 심지어 그 책과 그림도 똑같았다. 재미있어서 사려고 했지만 서점에는 도서관에서 본 것과 그림이 같은 책이 없었다.

'이 책, 갖고 싶어.'

나타가 다음에 찾을 책 제목을 말하자 리나는 그 책을 살짝 어루만졌다. 손에서 놓기 싫었으니까. 그러고는 얼른 책장에 꽂았다.

마지막 책 정리를 마치자, 나타가 말했다.

"리나, 오늘로 끝이구나. 피코토 할머니 식대로 말하면, 그간 밥벌이를 톡톡히 했어. 정말 고맙다, 리나."

"전 여기서 계속 일하고 싶었는데……."

"나도 네가 계속 있어 주면 좋지. 하지만 나 혼자 너를 독차지할 수 없잖니. 그렇지, 리나. 좋아하는 책이 있으면 말해. 한 권 선물할게."

"정말요?"

"그럼, 뭐든 말만 해."

리나는 『네즈나이카』를 흘끗 바라보고는 다른 책을 뽑아 들었다.

"갖고 싶은 게 정말 그 책이야?"

나타가 의심쩍은 듯이 물었다.

"네. 고마워요, 나타."

나타에게 감사 인사를 하고, 리나는 선물 받은 책을 들고 토마스의 가게로 갔다.

"실례합니다!"

무슨 까닭인지 리나는 여기에 오면 저도 모르게 목소리가 커졌다. 불쑥 토마스가 나왔다.

"이거, 바카메에게 전해 주세요. 멋진 노래를 들려준 보답이에요."

리나는 들고 있던 『로빈슨 크루소』를 토마스에게 억지로 떠밀고는 곧장 가게를 뛰어나왔다.

무거운 마음의 짐을 덜어 낸 것마냥 기분이 가벼워졌다. 그리고 기뻤다. 앞으로 바카메와 나타가 그 책 때문에 싸울 일은 없을 것이다.

피코토 할머니는 리나를 보고 말했다.

"무슨 일이냐. 왜 그리 금방이라도 웃음을 터뜨릴 것 같은 얼굴이야! 나타의 가게 일이 끝나니 그리도 기쁜 게냐"

"그런 거 아니에요!"

리나는 퉁명스레 대꾸했다.

"모레부터는 시카 가게에서 일한다, 그리 알아."

피코토 할머니는 리나에게 쐐기를 박듯이 말했다.

마법 심부름

일요일 오전, 리나는 숙제를 마치고 잇 씨의 방으로 갔다. 잇 씨는 손잡이가 긴 주걱으로 난로 위에 있는 냄비를 열심히 젓고 있었다. 냄비 안에는 걸쭉한 것이 끓고 있었다. 잇 씨의 코 밑에도, 이마에도 땀방울이 송골송골 맺혔다.

"헥헥, 너무 더워요. 적도 직하라는 데 말이에요, 안 가 봤지만 정말 이렇게 더울 거 같아요."

리나는 이 방에서 가장 시원한 창가로 가기 위해 마치 장애물 넘기라도 하듯, 커다란 병이며 책 더미를 넘어가면서 말했다.

"그렇게 더워? 나는 적응이 돼서 그런가, 그렇게 더운 줄 모르겠는데. 땀은 좀 나지만. 아, 마침 잘 왔어, 리나. 손수건 좀 찾아 주겠니? 내가 지금 손을 놓을 수가 없어서 말이야. 아까부터 얼굴에 땀이 줄줄 흘러내려서……."

리나는 잇 씨의 얼굴을 힐끔 보고, 주위에 쌓인 물건들을 뒤적이면서 물었다.

"아저씨, 언젠가 그랬잖아요, 난로를 피우는 것도 일이라고. 그 말, 진짜예요?"

"물론이지. 그게 내 하숙비야."

"한여름에 난로를 피우는 게 일이라고요?"

리나는 펜치와 램프 사이에 떨어져 있는 손수건을 집어 잇 씨에게 내밀면서 물었다.

"리나, 이 뒤죽박죽 거리에 늘 사계절의 꽃들이 흐드러지게 피어 있지? 그걸 보면서 뭔가 이상하단 생각 안 했니?"

"했어요."

리나가 고개를 끄덕였다.

"그 이상한 걸 내가 지금 하고 있는 거야. 사계절을 위해서 네 개의 난로를 피우는 거지. 이건 봄. 저건 여름."

잇 씨는 배불뚝이 오뚝이처럼 생긴 네 개의 난로를 하나하나 손가락으로 가리켰다.

"저 난롯불들이 정말로 여러 계절의 꽃을 피워 낸다고요?"

리나는 의심 가득한 눈으로 시뻘겋게 달아오른 난로들을 차례차례 보았다.

잇 씨는 처음으로 냄비를 젓던 손을 멈추더니 리나 쪽을 돌아보고 기분 나쁜 듯 말했다.

"나는 발명가야. 그것도 아주 뛰어난 발명가지. 마음만 먹으면 꽃 피우는 것쯤은 문제도 아니야."

리나는 잇 씨처럼 순수한 사람을 의심한 게 미안했다.

"죄송해요."

"죄송할 거 없어. 믿지 못하는 게 당연해."

잇 씨는 쓸쓸히 미소 짓고는 다시 냄비를 젓기 시작했다.

"꽃이란 게 본래 계절에 따라 차례차례 피는 거잖아. 내가 꽃을 좋아하는 이유도 그래서고. 하지만 피코토 할머니는 아니야. 거실 창문에서는 늘 배롱나무꽃이 보여야 하지. 집 서쪽에는 산책하면서 볼 수 있도록 철쭉이 피어 있어야 하고,

뒤뜰에는 수선화가 노란 카펫처럼 피어 있지 않으면 안 돼. 어디 그뿐인 줄 알아. 집 안의 꽃병이란 꽃병에는 장미꽃이 꽂혀 있지 않으면 화를 내고……. 일을 한다는 건 힘든 거야. 리나, 너도 이제 나타 가게 일에 좀 적응됐겠구나."

냄비 속을 뚫어지게 보면서 잇 씨는 조용히 말했다.

그날 오후, 리나는 존에게 가서 샌드위치 만드는 법을 배웠다. 잇 씨의 방에만 있으면 존이 섭섭해하기 때문이었다.

"아무리 발명가라도 샌드위치 만드는 법까지는 못 가르칠 걸? 안 그러냐, 리나?"

존은 리나가 만든 샌드위치의 맛을 보고 뿌듯한 듯이 말했다.

월요일에는 비가 내렸다. 리나는 꿀꿀한 마음을 날려 버리려는 듯 피에로 우산을 쓰고 씩씩하게 나타의 책방 옆 가게로 들어갔다.

"안녕하세요. 저는 피코토 저택에서 온 리나라고 합니다."

안쪽에서 자그마한 체구에 나이 든 남자가 나왔다.

"어서 오렴. 나는 시카라고 한단다. 가게에 있는 물건의 먼

지를 떨어 주겠니? 그 일만 끝나면 오늘은 돌아가도 돼."

가게 주인은 소곤거리듯 말하고는 다시 스르르 안으로 들어가 버렸다.

방금 전까지 씩씩했던 리나도 덩달아 목소리가 작아졌다. 리나는 조그맣게 "네." 하고 대답하고는 걸레를 들고 물건을 닦기 시작했다. 어두컴컴한 가게 안에는 항아리며 접시 들이 가지런히 놓여 있었다. 조용했다. 들리는 건 빗소리뿐이었다. 리나는 되도록 빨리 일을 끝내고 서둘러 피코토 저택으로 돌아왔다.

"하아. 이제야 제대로 숨을 쉬겠네요. 오늘 갔던 가게 말이에요, 주인이 꼭 유령 같았어요. 가게 분위기도 어째 음산하더라고요."

리나는 잇 씨에게 투덜거렸다.

"주인이 워낙 얌전해서 그래. 아마 너를 어떻게 대해야 할지 모르고 당황해서 그랬을 거야. 참 좋은 사람이야. 그래도 그렇지, 꽁무니를 빼고 도망치다니, 평소의 리나답지 않은걸. 토마스에게 했던 것처럼 부딪쳐 보는 게 좋아."

"하지만 조그맣게 말하고는 스르르 사라져 버리는데 어떻

게 부딪쳐 봐요. 저는요, 차라리 큰 소리로 고함쳤으면 좋겠
어요."

고개를 갸웃거리면서 말하는 리나를 보며 잇 씨가 웃음을
터뜨렸다.

그날, 리나와 잇 씨는 난로에 석탄을 잔뜩 넣고 난롯불을
활활 지폈다. 그리고 온몸이 땀범벅이 되자, 발 디딜 틈 없
는 방에서 가까스로 앉을 곳을 찾아내 둘이서 딱 붙어 앉
았다.

'오늘은 이만하면 피코토 할머니도 잔소리하지 않겠지.'

똑같은 생각을 한 둘은 마주 보고 고개를 끄덕였다.

리나와 잇 씨는 피코토 할머니에 대해서 의견이 일치했다.

"아무리 생각해도 피코토 할머니는 잔소리하는 재미로 사
는 것 같단 말이야."

"맞아요. 저한테 심술궂게 말하고 나중에 몰래 히히 웃는
지 누가 알아요."

"리나. 우리가 그 재미를 빼앗아 버리는 건 어때?"

"찬성이에요, 아저씨."

둘은 온몸이 땀에 흠뻑 젖은 채 기진맥진 상태가 돼 버렸

다. 방 안에는 시뻘겋게 달궈진 네 개의 난롯불이 활활 타고 있었다. 이런 한여름에 난로를, 그것도 네 개씩이나 피우라니, 어쨌든 잇 씨와 리나는 피코토 할머니가 싫었다.

리나가 시카의 가게 일에 익숙해진 것처럼 시카도 마찬가지로 리나에게 서서히 적응해 갔다. 일에 익숙해졌다고 하니 대단한 일을 하는 것 같지만, 리나의 일이란 깨뜨리지 않도록 주의하면서 항아리와 접시에 쌓인 먼지를 닦기만 하면 되는 것이었다. 얼마 가지 않아 가게 안의 물건들이 죄다 반짝반짝해졌고, 리나는 시카의 거실에 앉아 거리를 내다보는 시간이 많아졌다. 시카도 띄엄띄엄하기는 해도 리나와 나누는 대화를 즐겼다.

그날도 비가 내렸다. 그 빗속에 작은 우산을 쓰고 온갖 모양으로 수염을 기른 난쟁이 한 무리가 와글와글 떠들어 대면서 거리를 지나갔다. 그중 한 난쟁이가 창문 너머로 리나를 향해 "안녕." 하고 인사를 했다.

"안녕, 어디 가는 거야?"

리나도 대꾸했다.

"리나, 놀라지 않는구나."

때마침 차 도구를 들고나온 시카가 리나를 보며 말했다. 피코토 저택과 나타의 가게에서는 주로 홍차와 커피를 마셨다. 하지만 시카의 가게에서는 녹차였다. 녹차를 좋아하는 리나는 차 마시는 시간이 기다려졌다. 리나가 이 시간을 기대하는 또 하나의 이유는, 도자기를 파는 가게답게 찻주전자도 찻잔도 유명 산지에서 나오는 도기였기 때문이다.

"예? 아, 이제는 안 놀라요. 처음에 꼬마 요괴를 봤을 때는 한동안 입을 다물지 못했지만요. 저도 이제 이런 거에 익숙해진 거 같아요. 바카메를 처음 봤을 때는, 놀라기보다는 다짜고짜 화부터 버럭 냈거든요. 나중에야 앵무새가 인간처럼 생각하고 말하는 거에 놀랐지만요. 아, 지금은 바카메한테 화내지 않아요, 바카메를 좋아하거든요. 이 마을 사람들도 다 좋은 사람이에요."

피코토 할머니만 빼고요, 라고 덧붙이려는데 시카가 조금 빨랐다.

"우리는 마법사의 자손이야."

"알아요. 나타한테 들었어요."

"리나, 넌 그게 믿어지니?"

"네, 믿어져요."

리나는 지금, 이 마을 사람들은 마법사의 자손이 확실하다고 생각한다. 여기가 아닌 다른 곳에서 켄타우로스가 뛰어가는 것을 봤다면, 아마도 그 길로 곧장 안과로 달려갔을 거다. 또 자신을 마법사의 자손이라고 말하는 사람을 만난다면 머리가 어떻게 된 사람이라고 생각했을 게 분명하다. 하지만 이제는 여기에서 무슨 일이 일어나도 전혀 이상하게 여기지 않았다. 이 마을은 마법사의 자손들에게 아주 잘 어울리는 곳이라고 생각하니까.

리나가 생긋 웃어 보이자 시카도 안심되는 모양이었다.

"인간의 여자아이가 온다기에 모두 목을 빼고 기다렸지. 아주 오래전에도 그랬어……."

거기까지 말하고 시카는 황급히 입을 다물었다. 그러고는 무슨 소리가 들리는지 귀를 쫑긋 세웠다. 멀리서 땅을 뒤흔드는 듯한 소리가 리나의 귀에도 들렸다.

소리는 점점 커지더니 마침내 지진이 난 듯이 가게 안이 덜컹덜컹 흔들리기 시작했다. 선반 위에 있는 도자기들이 짤그랑짤그랑 부딪치는 소리가 났다. 뛰는 가슴을 부여잡고 시카와 리나는 창가로 달려가 밖을 내다보았다.

숲 쪽에서 시카의 가게만 한 커다란 잿빛 코끼리가 구르듯이 뛰어오더니 정확히 시카의 가게 앞에서 딱 멈췄다. 리나는 왠지 끼이익 하는 소리를 들은 것만 같았다. 코끼리의 등은 비에 젖어 있었고, 그 등에 타고 있던 여자가 코를 타고 미끄러지듯 주르륵 내려오더니 바닥으로 폴짝 뛰어내렸다. 그러고는 역시 구르듯이 시카의 가게로 뛰어 들어왔다.

"아, 시카, 내 아들 좀 살려 줘요! 제발 살려 줘요."

여자는 눈물을 흘리며 시카를 붙들고 마구 흔들어 대면서 애원했다. 시카는 여자를 달래는 것이 고작이었다.

"일단 진정하시지요, 좀 진정하세요."

리나는 재빨리 부엌으로 가서 차를 내왔다. 시카는 자신을 붙들고 있는 여자의 손을 다정하게 풀어 편안한 의자에 앉히고 차를 건넸다. 여자는 두 손을 후들후들 떨면서 찻잔을 받아 들더니 단숨에 벌컥벌컥 마셔 버렸다.

여자는 아름다웠지만 눈물에 젖은 볼은 붉게 상기되었고, 머리는 비에 젖어 딱 달라붙었다. 리나는 하얀 윗옷에 잠옷처럼 헐렁한 바지를 입은 모습이 꼭 『아라비안나이트』에 나오는 공주님 같다고 생각했다.

차를 마시고 흥분이 조금 가라앉았는지 그제야 여자는 얼굴을 들고 시카를 올려다보았다. 눈은 여전히 눈물에 젖어 있었다.

"이게 다 산마루의 신선 탓이에요. 그 사람 때문에 아들이……, 내 아들이…….''

"자자, 마음을 좀 가라앉히시지요.''

여자는 어떻게든 조리 있게 설명하려고 하는 것 같았지만 쉽게 마음이 진정되지 않는 모양이었다.

"아들이 도자기가 되고 말았어요. 그게, 항아리나 접시가, 시카, 당신 가게에 있는 것 같아요. 오늘 안으로 제 모습으로 돌아오지 못하면, 평생 항아리나 접시로 보내야 한다지 뭐예요.''

"왜 그렇게 된 거지요?''

"제 아들은 천방지축에 성질도 아주 사나웠지요. 왕이 그런 아들을 벌하기 위해 산마루에 사는 신선에게 보내 버렸습니다. 시간도 많이 흐르고 했으니 이제 그만 성으로 불러들이기로 했지요. 그런데 말이에요, 산마루에 신선을 찾아갔더니 아무도 없었어요. 백방으로 수소문해서 찾아 보니 고원으로 이사를 했다지 뭐예요. 신선은 양하(생강과의 여러해살이 풀. 양하를 많이 먹으면 건망증이 심해진다는 말이 전해져 내려오기도 하지만 근거는 없다고 한다)를 끔찍이 좋아했어요. 양하는 고원에 가면 구하기 쉽다고 합니다. 제가 또 고원으로 찾아갔더니, 당신 아들은 알지도 못하거니와 본 적도 없다는 거예요. 정말로 그렇게 말했다니까요. 신선이 양하만 먹어서 그런지 건망증이 아주 심해진 거예요."

여자는 생각할수록 속상해 죽겠다는 표정이었다.

"그래서요?"

시카는 여자에게 이야기를 계속하라고 조용히 재촉했다.

"하아, 신선이 더듬더듬 기억을 떠올리긴 했는데 말이에요. 글쎄, 산마루에서도 제 아들이 어찌나 사납게 날뛰는지 감당이 안 돼서 항아리인지 접시로 변신시켜 버렸대요. 게다가 이사 가면서, 고물상에 팔아 버렸다는 거예요. 당장 같이 가서 찾아 보자고 했지요. 그랬더니 벌써 반년 가까이 지났으니 사람으로 되돌리지 못할 수도 있고, 또 되돌리는 방법도 잊었다는 거예요. 부랴부랴 성안에 있는 점쟁이를 찾아갔지요. 점쟁이 말로는 아들이 있는 곳이 바로 이 마을이래요. 기한은 오늘 5시까지고요. 아, 어쩌면 좋아요, 이제 두세 시간 밖에 안 남았는데……."

말을 마친 여자는 다시 울기 시작했다.

"그럼, 내 가게에 아드님이 변신한 항아리인지 접시가 있다는 말인가요?"

시카가 묻자 여자는 크게 고개를 끄덕였다.

"점괘로는 아직 깨지지 않았다니, 아마 여기에 있을 거예요. 반년 동안이나 움직이지도 못하고 먼지를 뒤집어쓴 채로……."

"여기에 있다면 먼지를 뒤집어쓰고 있지는 않습니다. 보시다시피 리나가 매일 이렇게 반짝반짝 윤이 나게 닦고 있으니까요. 그럼, 제가 어떻게 하면 되겠습니까?"

"산마루의 신선은 고원에서 양하만 먹고 있어요. 도저히 믿고 의지할 수가 없어요. 하지만 시카, 당신은 어느 마법사보다 도자기에 관해서 잘 안다고 들었어요. 그래서 당신을 믿고 찾아온 거예요. 도와주세요, 제 아들을 살릴 수 있는 건 당신뿐입니다."

여자는 의자 팔걸이에 얼굴을 묻고 또 흐흐흑 울기 시작했다. 시카는 잠시 난처한 얼굴을 하더니 이내 결심한 듯이 말했다.

"알겠습니다. 제가 어떻게든 힘닿는 대로 해 볼 테니, 그만 돌아가셔서 잠을 좀 자는 게 좋을 것 같습니다. 리나, 코끼리에게로 모셔다드리렴."

리나는 자신보다 커다란 여자를 안듯이 부축해서 밖으로 나왔다.

"찾아낼 수 있을까. 내 아들 얼굴을 보기 전에는 잘 수 없어. 만약 5시까지 제 모습으로 돌아오지 못하면⋯⋯."

밖으로 나온 여자는 눈물을 글썽이며 가게 쪽으로 고개를 돌렸다.

"걱정 마세요. 시카는 믿을 수 있는 사람이에요."

"그래. 여기가 시카의 가게여서 불행 중 다행이야. 친절히 대해 줘서 고맙구나. 내일은 이웃 나라의 대신이 오시기로 해서 아마 저녁 무렵에나 오게 될 거야."

여자는 어깨를 축 늘어뜨리고 기다리고 있는 코끼리에 올라탔다. 곧바로 코끼리는 빗속으로 터벅터벅 걸어갔다. 리나는 어떻게든 여자를 도와주고 싶었다.

가게로 돌아가자 시카는 검고 두툼한 책을 펼쳐 놓고 종이에 뭔가를 옮겨 적고 있었다. 어딘가에서 본 적 있는 책이었다. 무슨 책인지는 정확히 기억나지 않지만 아마 마법의 주문 어쩌고 하는 책이었을 것이다.

"아까 그 여자 분, 어떤 사람이에요?"

"어느 나라의 왕비란다. 평소에는 아주 품위 있는 분인데 오늘은 몹시 흐트러진 모습이구나. 흐음, 대충 이거면 되겠지. 리나, 지금부터 내가 말하는 걸 준비해 주겠니?"

시카는 아까 종이에 옮겨 적은 걸 읽어 내려갔다.

"양초 세 자루, 찬장 서랍에 있어. 검은 천, 이건 내 무릎 담요를 쓰면 될 것 같구나. 그리고 마법의 가루. 저 책상 위에 있는 작은 병들 보이지? 거기서 검정색과 보라색 가루가 든 것을 가져다주렴."

리나는 바지런히 뛰어다니며 시카가 준비해 달라는 물건을 탁자 위에 가져다 놓았다.

"흐음, 마지막으로 인간이 한 명 필요한데……."

시카는 중얼거리면서 걱정스레 방 안을 둘러보았다.

"어쩐다? 이런 걸 부탁할 인간을 어디서 찾는담. 어쩔 수 없지, 다른 방법을 찾아 보는 수밖에."

그러고는 다시 검은 책을 펼쳤다.

"저는 안 돼요?"

리나가 물었다.

"아!"

아예 생각조차 못 했던지 시카는 외마디 비명 같은 소리를 내고는 리나를 보았다.

"그래, 그렇지! 리나가 있었어. 너도 우리와 같다고 생각했지 뭐냐."

"마법사의 자손이라고요?"

"응."

시카는 빙그레 웃으며 대답했다.

"제가 할 일이 뭐예요?"

리나는 적극적으로 나섰다.

"이 가게에는 두 종류의 도자기가 있단다. 하나는 아까 그 왕비의 말처럼, 신선이나 마법사의 힘으로 인간을 항아리나 접시로 변신시킨 것이지. 다른 하나는, 그렇지! 리나, 가게에 있는 해바라기 모양 우유 통, 기억하지? 그게 만약 인간이라면 어떤 느낌일 것 같으냐?"

리나는 잠시 그 우유 통을 머릿속으로 그려 보고 나서 말했다.

"노란 치마를 입은 젖 짜는 여자아이요, 얼굴은 햇볕에 타서 건강해 보이고요."

시카는 고개를 끄덕였다. 만족스러운 모양이었다.

"딱 맞는 이미지구나. 리나, 그 우유 통은 그런 여자아이가 될 거야."

"예? 도자기가 사람이 된다고요?"

"그렇단다. 주인이 애정을 가지고 소중히 오래오래 썼던 도자기는 그 느낌 그대로 인간이 되지. 물론 인간이 되는 데는 마법의 가루 한 줌이 필요해. 아무튼 내 가게에는 그렇게 두 종류의 도자기들이 있단다. 리나, 가게에 가서 말을 건네면 대답할 것 같은 도자기를 세 개만 골라 오겠니?"

시카는 리나에게 말하고 중얼중얼 혼잣말을 했다.

"마법의 가루가 좀 모자랄 것 같은데, 이걸 어쩐다지. 재료는 잇 씨한테 부탁하면 만들어 줄 테지만, 지금 당장은 제아무리 뛰어난 발명가라도 불가능하지. 뭉근한 불에 한 달간 바짝 졸여야 하는 걸 무슨 수로 당장 만들어 내겠어."

라나도 걱정이 이만저만이 아니었다.

'내가 제대로 고르지 못하면 어떡하지. 내가 뭘 고르느냐에 따라 왕비님이 기뻐할 수도 슬픔에 잠길 수도 있어. 너무 무서워. 어떡해, 나는 못 할 것 같아.'

불안한 마음으로 리나는 시카를 보았다. 그러자 시카는 검정색과 보라색 가루를 섞으면서 말했다.

"리나, 네가 곁에 있어서 얼마나 든든한지 모르겠구나."

이제 와서 못 하겠다고 말할 수 없다. 해 보는 수밖에 달리 방법이 없을 것 같았다. 리나는 하나로 묶은 머리를 둘로 갈라 양손으로 잡고 바짝 당겼다. 이렇게 하면 신기하게 마음도 다잡아졌다.

리나는 가게 안을 둘러보았다. 모든 도자기가 말을 건네면 대답할 것 같았다. 하지만 몇 번을 둘러보아도 목이 기다란 새하얀 물병과 고양이 그림이 그려진 접시 그리고 거칠거칠한 갈색 바탕에 주둥이 부분에 초록색 유약이 흘러내린 자국이 있는 항아리가 유난히 마음을 끌었다.

리나는 그 도자기들을 조심스레 탁자 위에 옮겨 놓았다. 시카는 서쪽 벽에 걸린 세 개의 촛대에 각각 촛불을 켰다. 그러고는 섞어 놓은 마법의 가루를 리나에게 건네며 골라 온 도자기들 하나하나에 뿌리라고 했다. 자신은 무릎 담요를 들고 촛불 앞에 섰다.

리나는 맨 먼저 물병에 가루를 뿌렸다. 보랏빛 불꽃이 확 일더니 물병은 서서히 사람의 형태로 변해 갔다.

"아, 이건 보라색이군. 물병이 인간의 성격을 만들어 가고 있어."

시카는 아쉬운 듯이 중얼거렸다. 어느새 불꽃이 사라지고 물병은 사람의 모습이 되어 있었다. 희미하게 푸른빛이 도는 옷을 걸친, 뽀얀 피부에 머리가 긴 여자가 새침하게 시카와 리나를 보았다. 한동안 홀린 듯 여자를 바라보던 시카가 짧아져서 지글지글 소리를 내는 양초 한 자루를 재빨리 무릎 담요로 덮어 촛불을 껐다.

다음으로 리나가 가루를 뿌린 건 고양이 그림이 그려진 접시였다. 가루가 접시에 닿자마자 검은 연기가 확 피어올랐다.

"흐음, 이번엔 검정색이군."

시카의 목소리에 긴장감이 배어 있었다. 검은 연기는 인간의 모습이라기에는 지나치게 옆으로 길쭉하고 납작했다. 리나와 시카는 숨죽인 채 바라보았다. 잠시 후, 그것이 또렷이 모습을 드러낸 순간, 둘 다 까무러치게 놀라 "으악!" 하고 비명을 질렀다.

놀랍게도 그것은 커다란 호랑이였다. "어흥!" 하고 으르렁거렸다면 얼마나 늠름해 보였을까. 하지만 호랑이는 그 커다란 몸을 작게 움츠리고는 수줍은 듯이 아래를 보고 앉아 있었다.

"너 혹시, 이름이 '다마' 아니냐?"

시카가 묻자 호랑이는 고개를 끄덕였다.

"여기에 와 있었구나. 리나, 겁내지 않아도 돼. 다마는 너무 얌전하고 수줍음이 많다고 서커스단에서 쫓겨난 호랑이야. 아하하, 접시로 변신한 걸 까맣게 모르고 있었구나. 이것도 혹시 산마루 신선의 소행인가."

다마는 고개를 옆으로 저었다.

"아니라면, 설마 서커스단의 마술사 짓이야?"

다마는 슬픈 얼굴을 하고 고개를 끄덕였다.

"다마, 여기서 나와 함께 지내는 건 어떻겠냐?"

시카가 묻자 다마는 고개를 힘껏 흔들고는 기다란 꼬리로 바닥을 탁탁 두드렸다.

"쯧쯧, 딱하기도 하지. 서커스단에 얌전한 호랑이가 있어서 안 될 일이 뭐 있어. 자기들 사정을 동물에게 강요해서 어쩌겠단 건지 원. 리나, 나중에 다마에게 뭐 먹을 것 좀 챙겨 주려무나."

시카는 호랑이의 굵은 목덜미를 안고 다정하게 머리를 쓰다듬었다. 그리고 두 번째 촛불을 입으로 불어서 껐다.

왕자님이란

이제 남은 건 항아리뿐이었다. 리나는 걱정이 돼서 죽을 지경이었다.

"시카, 혹시 이것도 아니면 어쩌죠? 다 제 책임이에요. 이제 시간도 없고, 신기한 마법 가루도 다 떨어졌잖아요."

"어쩔 수 없지. 이것도 아니라면 우리 가게에는 없는 거야. 리나, 너는 진심을 다해 골랐으니까……."

시카가 리나를 다독였지만, 리나의 머릿속에서는 축 처진 왕비의 뒷모습이 떠나지 않았다. 리나는 기도하는 심정으로 남은 가루를 탈탈 털어 항아리에 전부 뿌렸다.

검은 연기가 확 피어올랐다. 연기는 차츰 사람의 형상이 되어 갔다. 리나는 마주 잡은 두 손을 꽉 쥐고 눈을 감았다.

"아아함."

"살려 냈구나!"

하품 소리와 시카의 목소리가 겹쳐졌다.

리나는 꽉 감았던 눈을 번쩍 떴다. 눈앞에서 리나보다 큰 소년이 기지개를 켜고 있었다. 보리빛 피부에 왕비와 같은 하얀 윗옷과 바지를 입고, 머리에는 터번을 둘렀다. 시카는 마지막 촛불을 입으로 불어서 껐다.

소년을 본 리나는 온몸의 힘이 쑥 빠져서 무너지듯 의자에 털썩 앉았다. 그러자 의자가 "크아오!" 하고 비명을 지르고는 냅다 리나를 내동댕이쳤다. 의자인 줄 알고 앉았던 것은 호랑이 다마였다.

"미안해."

와들와들 떨면서 리나는 웅얼거렸다. 다마는 '너무해!'라고 원망하는 듯한 눈으로 리나를 올려다보았다.

"그렇게 푸짐한 엉덩이가 내리누르는데 안 놀라는 게 이상

하지."

항아리에서 나타난 소년은 재미있다는 듯이 낄낄 웃어 댔
다. 그리고 다시 늘어지게 하품을 했다.

"하아암. 답답해 죽는 줄 알았네. 뭐 좀 먹어야겠어."

시카는 못 들은 척 양초와 무릎 담요를 정리했다. 리나도
속으로 생각했다.

'이딴 사람은 내버려두고 다마를 데리고 피코토 저택에 가
서 먹을 것을 줘야지.'

그리고 곧바로 다마와 함께 밖으로 나가려는데 소년이 리
나 앞을 가로막고 섰다.

"이봐, 왕자님이 뭐 좀 먹고 싶다잖아!"

화난 목소리였다.

"나는 네 하인이 아니거든! 그리고 네가 여기서도 왕자님
인 줄 알아?"

리나는 톡 쏘아붙이고 다마를 뒤세우고는 유유히 가게를
나왔다.

'대체 왜 저렇게 뻔뻔한 거야!'

리나는 소년이 영 마음에 들지 않았다.

'나랑 시카가 얼마나 걱정했는데……'

조금 전까지 마음 졸이던 자신이 딱할 정도였다.

존은 다마에게 뼈가 붙은 큼직한 고기를 주었다. 고깃덩이를 덥석 입에 문 다마는 아무 생각 없이 젠틀맨의 의자에 올라갔다. 그걸 본 젠틀맨이 바람처럼 식탁 위로 뛰어올라 다마의 코에 발톱을 콱 박아 버렸다.

"크아아아아앙!"

피코토 저택에 다마의 비명 소리가 쩌렁쩌렁 울려 퍼졌다. 비명 소리에 놀란 잇 씨와 다림질을 하던 기누 씨가 부엌으로 뛰어들어 왔다. 피코토 할머니까지 치렁치렁한 치맛자락을 걷어 올리고 헐레벌떡 뛰어왔다. 그들 셋이 본 것은 리나 옆 의자에 앉아 있는 고양이와 바닥에 웅크린 채 뼈를 핥고 있는 호랑이였다.

"젠틀맨, 자신의 권리는 자신이 지킨다, 그런 거였어?"

존이 묻자 젠틀맨은 "야옹." 하고 기세 좋게 대답했다. 그 당당한 울음소리에 다마는 한층 더 몸을 움츠렸다.

잠시 후, 리나는 시카의 가게로 돌아가면서 다마의 머리를 쓰다듬어 주었다.

"다마, 오늘은 네 수난의 날인가 보다. 느닷없이 내 엉덩이
에 깔리고, 거기다 젠틀맨한테 할퀴이기까지 하고 말이야."

어찌된 영문인지 젠틀맨을 쓰다듬을 때는 멈칫멈칫하는
리나가 다마에게는 선뜻 손을 내밀었다.

가게로 돌아가자 소년 혼자만 의자에 떡 버티고 앉아 있었
다. 시카는 어디에 간 모양이었다.

"이봐, 차를 내와."

리나를 보자마자 소년이 명령했다. 리나는 들은 척도 하지
않고 방 한구석에 다마가 누울 자리를 마련했다.

"이봐, 냉큼 차를 내오라고."

소년은 이번엔 리나 옆으로 와서 쿡쿡 찔러 댔다.

"내가 아까 말했지, 나는 네 하인이 아니라고! 이 마을에
서는 누구나 자기 할 일은 스스로 해. 일하지 않는 자 먹지도
말라는 말 몰라? 쫓겨나지 않는 것만으로도 다행인 줄 알라
고!"

리나는 언젠가 피코토 할머니에게 들은 말을 그대로 소년

에게 퍼부었다. 실제로 리나도 지금은 자기 일을 스스로 하고 있다. 물론 다른 사람들의 도움을 받긴 한다. 그런데 하물며 자신보다 나이도 많은 사람이 그렇게 못할 리 없다고 생각한 것이다.

"뭐! 나더러 일을 하라고? 나는 왕자님이야. 왕자님이 일을 왜 해!"

"여기서는 그런 거 안 통해. 일하기 싫으면 먹지도 말던가."

"뭐! 이게 진짜!"

소년은 손을 치켜들고 리나를 때리려고 했다.

"헉, 나를 때리려고? 아하, 왕자님은 사람 때리는 거 말곤 할 줄 아는 게 없구나. 세상의 상냥하고 멋진 왕자님 이야기를 다 바꿔 써야겠네. 손 하나 까딱하지 않고, 버럭버럭 소리만 지르는 왕자님. 목숨을 구해 준 사람을 때리는 예의 없고, 은혜도 모르는 왕자님 이야기로 말이지."

리나는 한껏 비아냥거렸다. 그런데 몸이 부르르 떨렸다. 실컷 퍼붓고 난 뒤에야 자신이 피코토 할머니를 닮아 가는 것 같다는 생각에 아차 싶었던 것이다.

소년은 치켜든 주먹을 어쩌지 못하고 한동안 부들부들 떨기만 했다.

"요게 어디서 까불고 있어!"

결국 소년은 리나에게 한마디 쏘아붙이고는 직접 차를 끓이려 했다. 어지간히 목이 말랐던 모양이다. 하지만 차 끓이는 방법을 알 리 없는 소년은 잠깐 차 도구를 바라보더니 찻주전자에 손을 뻗었다. 곧바로 "앗 뜨거!" 하고 소리치고 손을 놓아 버렸다. 주전자는 요란한 소리를 내며 떨어지면서 바닥에 뜨거운 물을 쏟았다. 리나는 일단 바닥에 뒹구는 주전자를 집어 제자리에 놓고, 물이 흥건한 바닥을 닦았다. 그런 다음, 소년의 손을 살폈다. 다행히 덴 것 같지는 않았다.

리나는 다시 물을 끓여서 소년에게 차를 우려 주었다.

"왜 갑자기 차를 주는 거지? 아까는 그렇게 말해도 모른 척하더니."

소년은 의심 어린 눈으로 리나를 보았지만 차는 맛있게 마셨다. 심지어 "한 잔 더 줘." 하고 찻잔을 내밀었다.

"마음이 움직였거든. 아까는 절대 차를 주지 않을 생각이었어. 그런데 너한테 맡겨 뒀다가는 차 도구가 다 망가지게 생겼잖아. 아무리 도자기 가게라도 그런 식이라면 남아나겠냐고."

리나는 핀잔을 주면서도 소년의 찻잔에 다시 차를 따라 내밀었다.

소년은 말없이 찻잔을 받아 들었다.

"고맙다는 말은 안 해?"

리나가 톡 쏘아붙였다.

"그런 말을 왜 해야 되지?"

"남이 뭔가를 해 주면 당연히 고맙다고 해야지. 왕자님이 감사 인사도 할 줄 모르다니, 전 세계의 왕자님 이야기를."

"고마워."

소년은 또 그 이야기냐는 듯 리나의 말을 가로막고 나직이 내뱉었다. 그러고는 '어우 저걸 그냥.' 하고 욕이라도 내뱉듯이 리나를 노려보았다.

때마침 부엌에서 시카가 나왔다. 밭에 다녀왔는지 손에는 흙이 잔뜩 묻어 있었다.

"리나, 저녁 준비하는 걸 좀 도와주겠니? 왕자가 몹시 배가 배고픈 모양인데, 나 혼자서는 하기 힘들어서……."

"네, 그럴게요!"

리나와 시카는 부엌에서 오순도순 이야기를 나누면서 저

녁 준비를 했다. 소년은 혼자 가게에 앉아 있는 게 지루했던지 슬그머니 부엌으로 들어와 말없이 두 사람 주위를 맴돌았다.

리나는 그런 소년에게 냅킨과 포크와 나이프를 내밀며 퉁명스럽게 말했다.

"이거, 저기 식탁에 갖다 놔."

소년은 못마땅한 얼굴이었지만 포크와 나이프를 받아 어설프게 들고는 식탁 쪽으로 갔다. 시카는 순순히 리나의 말을 따르는 소년을 보고 깜짝 놀라 입을 떡 벌린 채 쳐다보았다.

하지만 리나가 식탁으로 요리를 나르면서 보니, 식탁 한가운데에 나이프는 나이프끼리, 포크는 포크끼리 나란히 나란히 놓여 있었다.

"이렇게 놓으면 어떡해. 의자 앞에 포크와 나이프를 한 벌씩 놓아야지. 어우, 진짜 혼자서는 할 줄 아는 게 아무것도 없네."

리나는 소년을 사정없이 몰아붙였다. 옆에서 지켜보던 시카가 딱했던지 소년을 거들었다.

"리나, 이런 일을 처음 해 보는 사람에게 제대로 하라는 건 무리야. 저 아이가 잘할 수 있는 다른 할 일이 있지 않겠니?"

그러자 소년은 시카의 말이 맞다는 듯 리나를 보았다.

"흐음, 힘은 있어 보이니까 요리하는 데 쓸 장작을 패는 게 좋겠어."

시카가 중얼거리고는 소년을 데리고 밖으로 나갔다.

밖에서 탁, 탁 하고 기분 좋은 소리가 나기 시작했다. 식사 준비를 마치고 리나는 창문 밖을 내다보았다. 소년이 도끼를 휘두르고 있었다. 리나의 시선을 느꼈는지 소년은 리나 쪽을 흘끗 보곤, '봤지?'라는 듯 새하얀 이를 드러내고 씨익 웃었다. 리나도 얼떨결에 생긋 웃고 말았다.

땀을 흘리는 소년에게 리나는 수건을 갖다주었다.

"처음 하는 것치고는 제법 잘하던데."

시카가 리나에게 소년의 칭찬을 했다.

리나도 시카의 가게에서 함께 저녁을 먹고 가기로 했다. 소년의 식욕은 엄청났다. 입안 가득히 음식을 밀어 넣고는 씹을 새도 없이 꿀꺽 삼켜 버렸다. 그렇게 5인분 정도를 뚝딱 먹어 치우고서야 배가 부른 모양이었다.

"아, 잘 먹었다. 일한 뒤에 먹으니까 더 맛있네. 안 그래, 리나?"

다음 날 아침, 리나가 시카의 가게에 가자 다마와 소년이 청소를 하고 있었다. 다마가 커다란 몸으로 의자를 밀면, 빗자루를 든 소년이 익숙지 않은 손놀림으로 바닥을 쓸었다. 그뿐이 아니었다. 다마는 바닥에 깔린 깔개를 입에 물고 나르면서 열심히 청소를 거들고 있었다.

오전의 차 마시는 시간이 되자 시카는 다마를 데리고 산책을 나갔다. 소년은 계속 앉았다 일어났다 하면서 안절부절못하고 있었다.

"오랜만에 집에 갈 생각을 하니까 설레지?"

"응. 하지만 성에 돌아가면 하품을 참아 가면서 어려운 강의도 들어야 하고, 잔뜩 거드름 피우는 사람들과 날씨 이야기도 해야 돼. 여기는 좋은 곳이야. 좋은 사람이 있고……. 내가 누군가에게 도움이 된다는 걸 피부로 느낄 수 있었어."

소년의 목소리는 진지했다.

"좋은 왕이 되면 여기 있는 사람들보다 더 많은 사람에게 도움이 될 수 있잖아."

"그건 그렇지. 하지만 내 나라에는 너처럼 나에게 뭔가를 하라고 시키거나, 내 말을 거스르는 사람이 하나도 없어. 지금까지는 내가 말만 하면 뭐든 당장 해 줬거든."

"네가 나쁜 게 아니었네. 네가 사는 세계가 그런 곳이었던 거지. 미안해. 그런 것도 모르고 함부로 말해서."

리나는 순순히 사과했다.

"됐어, 괜찮아. 열은 좀 받았는데, 거리낌 없이 화내 주는 게 기뻤어. 그리고 참, 너는 요리를 정말 잘하더라. 우리나라의 일류 요리사도 그렇게 맛있는 요리는 못 만들 거야."

소년의 칭찬에 리나는 기분이 좋았다.

"고마워. 요리는 존에게 배웠어. 칭찬 들었다고 말하면 존이 기뻐할 거야."

산책 나갔던 시카와 다마가 돌아오자 분위기가 떠들썩해졌다. 하지만 소년은 통 말이 없었다.

얼마 후, 어제처럼 땅울림이 일더니 곧바로 왕비가 가게 안으로 뛰어들어 왔다. 왕비는 소년을 보자마자 소리를 지르며 끌어안았다. 리나는 자신이 고른 도자기 중에 왕자가 변신한 항아리가 있어서 정말, 정말로 다행이라고 생각했다.

왕비는 시카에게 몇 번이나 감사 인사를 했다. 소년은 리나에게 하고 싶은 말이 있는 듯했다. 하지만 결국은 입을 떼지 못하고 터번에 달린 초록색 돌을 잡아떼어 리나의 손에 쥐어 주고는 난데없이 리나의 볼에 뽀뽀를 했다. 리나는 그때 "좋아해."라는 말을 들은 것 같았다. 하지만 나중에 생각해 보니, 바람 소리였던 것 같기도 했다.

그날, 리나는 가게를 나오기 전에 시카와 입씨름을 했다.

"리나, 이건 왕자가 네게 감사의 표시로 주고 간 거야."

"아니에요, 이건 시카가 받아야 해요."

"나는 왕비님께 감사 인사를 여러 번 들었어. 정말이지, 이번 일은 순전히 리나 네 덕분이었다. 그리고 말이지, 왕자가 너를 좋아하는 눈치던데."

시카가 싱긋 웃으며 말하자, 리나는 얼굴이 새빨개져서 초록색 돌을 탁자에 내던지듯 하고는 허둥지둥 가게를 뛰쳐나왔다.

그날 밤, 피코토 할머니는 다시 리나를 불렀다.

"리나, 월요일부터는 먼데이의 가게에 가려무나."

'이제 겨우 시카와 친해졌는데…….'

리나가 속으로 투덜거리자 피코토 할머니는 기다렸다는 듯 쏘아붙였다.

"먼데이 가게는 싫다는 게냐."

"아니요, 저는 그런 말 한 적 없는데요."

리나는 딱 부러지게 대꾸했다. 득달같이 리나의 말을 낚아채서 한마디 하려고 입을 벌린 채 기다리고 있던 피코토 할머니는 아무 말도 못 하고 그대로 입을 다물어야 했다. 옆에서 지켜보던 잇 씨와 존은 참지 못하고 풋 하고 웃음을 터뜨렸다.

일요일, 리나와 잇 씨는 어제 금붕어처럼 입을 뻐끔거리던 피코토 할머니의 모습을 떠올리고는 배꼽을 쥐고 웃었다.

"'내가 뭐라고 하던?' 이제 그 말을 듣지 않으면 피코토 할머니가 아닌 다른 사람과 이야기한 것 같아요."

"누가 아니래. 어휴 참, 난 오늘도 아침 댓바람부터 잔소리를 들었지 뭐냐. 초여름 꽃이 제대로 피지 않았다나 뭐라나."

잇 씨가 머리를 긁적이며 한숨을 쉬었다.

리나와 잇 씨는 땀을 삐질삐질 흘리며 다시 난로에 석탄을
잔뜩 넣었다.

가면을 벗지 않는
남자아이

    월요일 아침, 집을 나서는 리나를 보면서 기누 씨가 걱정스
레 중얼거렸다.

    "이번 가게는 손이 많이 갈 텐데."

    하지만 리나는 그 말을 흘려듣고 먼데이의 가게로 향했다.
새빨간 문을 열고 가게 안으로 들어가자 온갖 장난감이 가지
런히 진열된 선반이 한눈에 들어왔다.

    때마침 가게 안쪽 방에서 가죽 앞치마를 두른 남자가 막
대 사탕을 손에 들고 나왔다.

"리나구나. 맞지?"

남자의 목소리가 다정했다.

"네."

"후유, 살았다. 나는 먼데이라고 한단다. 죽방울 주문이 얼마나 밀려드는지 혼자서 감당할 수가 없구나. 지금 진땀을 흘리던 참이었다."

먼데이는 리나에게 사정을 이야기하고는 뒤를 돌아보았다.

"애야, 선데이."

그러자 앞치마를 두른 먼데이 뒤로 불쑥 가면이 나타나더니 금세 쏙 들어가 버렸다. 뾰족이 나온 입에 짝짝이 눈을 한 익살스러운 가면이었다.

"뭐가 그리 부끄럽다고 그래. 괜찮아."

먼데이는 뒤에 숨은 아이를 리나 쪽으로 슬쩍 떠밀었다.

가면을 쓴 아이는 손을 뒤로 깍지 낀 채 쭈뼛거렸다. 다섯 살쯤으로 보였고, 머리카락이 불타는 듯이 빨갰다. 그리고 보니 가면을 쓴 아이도 먼데이와 마찬가지로 새빨간 머리에 폭탄을 맞은 듯 부스스했다.

"리나, 내 아들 선데이란다. 부끄럼을 많이 타서 탈이야. 잘 부탁한다."

먼데이는 파란 눈을 돌려 사랑스러운 듯 아들을 보고는, 큼직한 손을 자그마한 선데이의 머리에 얹고 억지로 꾸벅 인사를 시켰다. 손안에 아이의 머리통이 폭 들어갈 정도로 먼데이의 손은 컸다.

삐이이삐이이.

물이 끓는지 가게 안쪽에서 주전자가 울었다.

"아이고, 내 정신 좀 봐."

먼데이는 재빨리 안쪽으로 뛰어갔다. 장난감들 속에 리나와 선데이만 남겨졌다. 청 반바지에 재킷을 입은 선데이는 여전히 고개를 들지 않은 채 가면 속에서 흘끔흘끔 리나를 쳐다보기만 했다.

"잘 부탁해, 선데이."

리나가 선데이를 들여다보며 인사했다. 그러자 선데이는 슬그머니 리나의 손을 잡고 가게 안을 돌며 장난감들을 하나하나 설명해 주었다.

"이거 곰이야. 엄청 크지? 나만큼 커. 그 옆에 있는 건 고양이. 꼭 젠틀맨 같지? 이건 호랑이야. 큰 것도 있었는데 그건

누가 사 갔어. 나는 큰 게 더 좋은데, 파는 상품이라 어쩔 수 없대. 아빠가 그랬어."

봉제 인형 앞에서 선데이는 아쉬운 듯 말했다.

"언제 한번 시카 가게에 있는 다마를 데려올게. 다마는 진짜 호랑이야."

리나가 말하자 가면을 쓴 얼굴이 돌아보았다.

"진짜, 진짜로 데려올 거야? 다마는 리나 친구야?"

"그래."

리나가 고개를 끄덕였다.

"등에 타도 돼?"

"안 물어?"

선데이의 질문이 끝도 없이 이어졌다. 먼데이가 "그만 점심 먹어야지." 하고 말리지 않았다면 리나는 선데이에게 저녁때까지 붙들려 있을 뻔했다.

점심때 피코토 저택으로 돌아가자, 존은 평소처럼 진지한 눈빛으로 스프 냄비의 불을 지켜보고 있었다. 잇 씨는 네 개의 난로 때문에 피코토 할머니에게 잔소리를 듣고 있었다. 기누 씨는 창가에 서서 밖을 내다보고 있었다. 리나는 기누 씨의 뒷모습을 보며 생각했다.

'기누 씨는 틈만 나면 창밖을 내다보네.'

기누 씨는 리나를 보자 무슨 말인가를 할 듯, 할 듯하더니 결국은 아무 말도 하지 않았다.

리나는 점심을 먹고 다시 먼데이 가게로 가는 길에 시카 가게에 들렀다. 그리고 시카에게 내일 다마를 데려가도 좋다는 허락을 받았다. 먼데이의 가게에 가서 그 말을 하자 선데이는 가게가 떠나가라 환호성을 지르며 우당탕탕 뛰어다녔다. 법석을 떨다 지쳤는지 선데이는 다시 리나의 손을 잡아끌고 가게 안을 돌며 다른 장난감들을 소개해 주었다.

"리나, 이거 뭐 같아?"

선데이는 손바닥만 한 자동차와 피아노 그리고 집 모양을 한 상자에 달린 태엽을 감았다. 오르골이었다. 동시에 여러 개의 오르골이 울리자 가게 안은 온통 작고 귀여운 소리로 가득해졌다.

"우리 아빠는 있지, 원래 오르골 기술자였대. 근사하지?"

사랑스러운 소리를 울리는 수많은 귀여운 상자를 둘러보는 선데이의 얼굴에서 자랑스러움이 묻어났다.

그 밖에도 나무로 만든 기차, 나무 블록, 죽방울, 유리병에 가득한 유리구슬 등 온갖 장난감이 가게 안을 메우고 있었다.

선데이는 인형에 대한 설명도 빼놓지 않았다. 인형을 하나하나 설명하고는 마지막으로 구석을 가리켰다.

"저 인형은 비매품이야. 나는 비매품이 뭔지 몰라. 아무튼 그렇대. 저거, 콩페드린 부인이야. 이상한 모자를 쓰고 있지? 사람들이 그러는데, 아무도 갖고 싶어 하지 않는대. 나는 좋은데. 커다란 입도, 이 호랑이코도 말이야."

"호랑이코가 아니라 들창코라고 해."

리나가 바로잡아 주었다.

"맞다, 들창코. 나는 맨날 그걸 틀리게 말해."

선데이는 계속 재잘댔다.

"이건 마녀야. 눈이 되게 못돼 보이지? 나쁜 사람이야. 그리고 이건 신부야."

선데이가 가장 구석에 있는 인형을 가리켰을 때, 가게 안을 가득 메웠던 오르골 소리가 일제히 딱 멈췄다.

리나는 그 인형을 유심히 보았다. 새하얀 신부 옷차림에 창백한 얼굴, 까만 눈 게다가 목은 꺾여 있다. 슬퍼 보이는 그 눈이 자신을 빤히 보는 것 같아서 리나는 저도 모르게 손을 뻗었다. 득달같이 먼데이의 목소리가 들려왔다.

"손대지 마라."

언제 왔는지 먼데이가 뒤에 있었다.

"그건 손대지 마……. 그냥 그대로 둬."

먼데이는 괴로운 듯이 신부 인형에서 눈을 돌렸다.

다음 날, 리나는 다마를 데리고 먼데이의 가게로 갔다. 선데이는 가면 아래로 겨우 드러난 입으로 막대 사탕을 빨아 먹으면서 쭈뼛쭈뼛 다마에게 다가갔다.

리나는 선데이가 어제 하루 종일 가면을 쓰고 있었던 것을 떠올렸다.

"가면은 안 벗을 거야?"

리나가 가면에 손을 대자 선데이는 홱 물러서면서 말했다.

"응, 안 벗을 거야. 엄마가 나중에 벗겨 준다고 했어. 엄마가 벗겨 줄 거야. 그러니까, 가면에 손대면 안 돼!"

선데이는 가면엔 예민하게 반응했지만 다마와는 금세 친해졌다. 다마의 배에 기대앉아 주머니에서 쉴 새 없이 사탕이며 초콜릿을 꺼내 쩝쩝거리면서 다마에게 말을 건넸다.

"다마, 너는 완전 호랑이코야. 아참, 들창코라고 한댔지. 하지만 다마는 호랑이니까 호랑이코가 맞아. 아, 그래? 다마는 바닐라 맛을 더 좋아하는구나. 나는 딸기 맛이 더 좋은데……."

선데이가 다마와 놀고 있는 동안, 리나는 먼데이와 함께 죽방울에 색칠을 했다. 먼데이는 커다란 접시에 사탕과 초콜릿을 수북이 쌓아 두고, 그것들을 볼이 미어지게 우물거리면서 색칠 작업을 했다. 토케 가게의 과자는 살이 찌지 않는다는 걸 알게 된 리나도 이때다 싶어 마구 먹어 댔다.

리나는 먼데이 가게에서 멋진 빛깔을 많이 보았다. 살랑거리는 6월의 바람 빛깔. 11월의 바다 빛깔. 난로 안에서 활활 타오르는 불꽃 빛깔. 서쪽으로 가라앉는 태양의 빛깔. 산속의 호수 빛깔.

리나는 잇 씨에게 말했다.

"저는 해가 서쪽으로 서서히 가라앉을 때의 빛깔이 정말 좋아요. 불타는 것 같은데 왠지 쓸쓸한 느낌이 들어서요."

"리나, 넌 분홍색을 좋아하지 않았던가?"

"제가 갖고 있는 그림물감에는 서쪽으로 가라앉는 태양 빛깔이 없거든요."

"아마 전에는 몰랐겠지. 저물어 가는 해를 바라볼 생각 같은 건 아예 못 했을 테니까 말이야."

"맞아요."

리나는 순순히 인정했다.

"그럼, 리나에게 만들어 줄 양초를 그 빛깔로 만들어 볼까."

"저한테 양초를 만들어 줄 거예요?"

리나는 기뻐서 소리쳤다.

"그래, 불꽃 속에서 그리운 사람의 모습이 보이고, 지글지글 타는 소리가 그리운 소리로 들리는 아주 고급스러운 양초를 만들어 줄게."

"우아!"

깜짝 놀란 리나는 환호성을 지르곤 생긋 웃으며 말했다.

"참, 아저씨는 발명가였지!"

그러자 잇 씨가 사이를 두지 않고 덧붙였다.

"그것도 아주 우수한 발명가지."

먼데이의 가게에 다닌 지 사흘째 되던 날 아침, 리나는 토케 가게에 들렀다 오라는 말을 떠올리고 평소에는 다니지 않는 서쪽 문으로 나가기로 했다.

덩굴장미에 휘감긴 앞문으로 나갈 때마다 리나는 시카의 가게 마당에 있는 다마에게 격한 아침 인사를 받았다. 다마는 뒷발로 선 채, 리나의 어깨에 앞발을 척 걸치고 크고 거슬거슬한 혀로 리나의 뺨을 할짝할짝 핥아 줬다. 리나는 그 혀의 감촉이 끔찍이 싫어서 되도록 피하고 싶었다. 기다리고 있을 다마를 애태우는 것도 또 하나의 재미였다. 다마는 배를 깔고 엎드린 채 눈을 가늘게 뜨고 피코토 저택에서 눈을 떼지 못하고 있을 테니까.

리나는 서쪽 산울타리 사이로 난 쪽문으로 나갔다. 저택을 나선 순간, 눈앞에 펼쳐진 광경이 리나의 발을 꽁꽁 붙들어 맸다.

산울타리에는 온갖 빛깔의 철쭉이 활짝 피어 있었다. 하양, 오렌지, 진홍, 보라……. 마치 사라사(다섯 가지 빛깔을 이용하여 인물, 새와 짐승, 나무와 꽃 또는 기하학적 무늬를 물들인 천이나 무늬) 천을 펼쳐 놓은 것 같았다. 리나는 뒤죽박죽 거리의 좋은 점을 하나 더 찾은 것 같아서 기뻤다.

그 아름다운 풍경을 실컷 감상하고 난 리나는 행복한 기분으로, 더욱 행복하게 만들어 줄 가게로 향했다. 가게 문을 열자, 언젠가 리나에게 사탕을 주었던 꼬마 요괴가 갓 구운 빵처럼 포동포동한 여자와 이야기하며 뭔가를 가리키고 있었다. 리나가 가게 안으로 들어가자 둘이 동시에 돌아보았다. 히죽 웃는 꼬마 요괴의 양팔에 초콜릿과 쿠키가 한 아름 안겨 있었다.

리나가 찾아온 용건을 말하자, 여자는 먼데이가 부탁한 것을 포장해 주면서 말했다.

"나는 토케라고 해. 리나 맞지? 지금은 먼데이 가게를 돕고 있다지?"

그러고는 안쪽에 대고 소리쳤다.

"여보, 잠깐 와 봐요, 여보!"

곧바로 젓가락처럼 삐쩍 마른 키 큰 남자가 온몸이 밀가루투성이가 된 채로 나왔다.

"오오, 잘 부탁해요. 지금 케이크에 넣을 버터를 녹이는 중이라. 여름에는 아침나절에 일을 해 두지 않으면……."

남자는 말하는 사이에도 몇 번이나 안쪽을 돌아보며 안

절부절못했다. 결국 남자는 "아아, 너무 녹아 버리면 안 되는데!" 하고 소리치더니 쏜살같이 안으로 뛰어 들어갔다.

"미안해, 리나. 우리 남편은 한번 일을 시작했다 하면 예의고 뭐고 없는 사람이라서 말이야. 존이 그러던데, 네가 우리 집 과자를 아주 좋아한다고."

토케가 싱글벙글 웃었다.

"네."

리나가 고개를 끄덕이자 토케가 말했다.

"리나, 인사를 대신해서 선물을 하고 싶은데. 좋아하는 걸로 골라 봐."

리나는 가게 안의 과자가 다 맛있어 보여서 선뜻 고르지 못하고 있었다. 그러자 옆에 있던 꼬마 요괴가 손가락으로 몇 가지를 가리키며 리나에게 말했다.

"이 무지개 사탕이랑 벌꿀 파이 그리고 저 초코 에클레르로 해."

그걸로 하겠냐는 듯 돌아보는 토케를 향해 리나는 고개를 끄덕여 보였다.

"그걸로 주세요."

토케는 먼데이의 것과 별도의 봉지에 리나가 고른 과자들을 넣고 무지개색 리본을 매 주었다.

선물을 받아 든 리나는 토케에게 감사 인사를 하고, 꼬마 요괴와 함께 과자 가게를 나왔다. 먼데이의 가게 앞까지 왔을 때 꼬마 요괴가 물었다.

"리나, 혹시 먼데이의 가게에 소꿉놀이 찻잔 세트, 아직도 있어?"

"응, 있지. 찻주전자랑 설탕 통에 장미 무늬가 그려진 그 앙증맞은 거 말이지? 왜, 소꿉놀이라도 하게?"

리나는 슬쩍 놀리듯이 물었다.

"아니야. 내가 아는 난쟁이가 호두 껍데기에 차를 마시지 뭐야. 아는 난쟁이 중에 가장 작거든. 생일 때, 선물로 사 줄까 하고."

리나는 놀린 것이 미안했다.

"너는 마음씨가 참 곱구나."

리나의 말에 꼬마 요괴는 수줍은 듯이 헤헤헤 웃었다. 주근깨가 박힌 얼굴이 찡긋 쭈그러들자 무척이나 귀여웠다.

리나는 먼데이에게 꼬마 요괴 이야기를 들려주고, 그 찻잔

세트는 팔지 말고 따로 보관해 달라고 부탁했다. 먼데이는 고개를 끄덕이고는 말했다.

"그 난쟁이는 키가 20센티미터도 안 될걸, 아마. 내가 알기로 세계에서 가장 작고, 가장 아는 것이 많은 난쟁이야."

리나는 토케에게 선물로 받은 사탕을 선데이에게 한 줌 집어 주고, 다마를 데려와도 좋다고 허락했다. 선데이는 "와아아!" 하고 소리치고 득달같이 시카의 가게로 뛰어갔다.

그날은 죽방울에 실 붙이는 작업을 했다. 선데이는 물론 먼데이까지도 일하면서 쉴 새 없이 사탕을 입에 넣었다. 아침에 수북이 쌓였던 과자의 산이 순식간에 작아져 있었다. 다마도 달고 끈적끈적한 침을 줄줄 흘리며 선데이 옆에 딱 붙어 다녔다.

오후가 되자, 리나는 걱정이 되어 먼데이에게 말했다.

"아무리 사탕이 맛있어도 이렇게 많이 먹으면 안 돼요."

하지만 먼데이와 선데이는 리나가 뭐라고 하거나 말거나 아랑곳하지 않고 사탕을 계속 먹었다. 결국 리나는 사탕 접시를 숨겨 버렸다.

"리나, 장난감을 만들 때는 아이의 마음이 되지 않으면, 아이들이 즐겁게 가지고 놀 수 있는 걸 만들 수가 없어. 내가 선데이와 함께 사탕을 먹는 건 다 그런 이유에서야."

먼데이는 얼토당토않은 핑계를 갖다 붙이고는 토케의 가게로 달려가 과자와 사탕을 또 엄청나게 사 왔다. 리나는 선데이만이라도 덜 먹게 할 생각으로 선데이에게 과자와 사탕을 너무 먹으면 안 된다고 단단히 이르고는 아무리 울고 떼를 써도 모른 척했다. 그러자 선데이까지 토케의 가게에 가서 팔에 안을 수 없을 만큼 과자와 사탕을 잔뜩 사 왔다.

리나는 잇 씨에게 과자와 사탕을 입에 달고 사는 먼데이와 아들 선데이의 상황을 들려주고 해결 방법이 없을지, 어떻게 하면 좋을지 의논했다. 그리고 스스로도 적극적으로 대책을 내놓았다. 예를 들면, 토케에게 사정을 이야기하고 먼데이 부자에게 파는 양을 줄여 달라고 부탁하는 건 어떨까, 라든가. 하지만 잇 씨는 존의 흉내를 내는 것으로 그 문제를 정리해 버렸다.

"흐음, 그게 먼데이 부자의 결점이지."

리나는 피코토 저택 서쪽의 산울타리 이야기로 화제를 돌렸다.

"리나, 지금 내 문제는 바로 그거야. 오늘도 피코토 할머니에게 또 잔소리를 들었거든. 초여름 꽃이 제대로 안 피었다고 말이지."

잇 씨는 울화통이 치민다는 듯 난로를 매섭게 노려보았다.

"다른 건 몰라도 그 아름다운 산울타리는 일 년 내내 계속 볼 수 있으면 좋겠어요, 정말 멋져요."

리나는 산울타리의 꽃이 얼마나 멋진지를 힘주어 말했다.

"맙소사, 여기에 작은 피코토 할머니가 한 명 더 있는 걸 꿈에도 생각 못 했는걸."

잇 씨는 어이없다는 듯 리나를 보았지만 그 눈은 말과 다르게 기뻐하는 것 같았다.

다음 날 아침, 리나는 평소보다 일찍 피코토 저택을 나왔다. 멋진 산울타리를 둘러보며 행복에 젖어 천천히 걸어가다가 때마침 아침 산책 중이던 피코토 할머니를 만났다.

"오오, 벌써 나가는 게냐. 오늘은 다른 날보다 일찍 나가는구나."

"네, 이 산울타리를 맘껏 보고 가려고요."

리나와 피코토 할머니는 말없이 제 갈 길을 갔다.

"저 애도 이 울타리를 좋아하는 모양이야."

쪽문에서 뒤돌아본 피코토 할머니가 중얼거리고는 빙그레 웃은 걸 리나는 알지 못했다.

먼데이의 가게에 도착한 리나는 소스라치게 놀랐다. 먼데이와 선데이 둘 다 손바닥으로 뺨을 누른 채 끙끙 앓는 소리를 내고 있었다. 이가 아픈 것이다. 리나는 부랴부랴 피코토 저택으로 되돌아가 존에게 얼음을 달라고 했다. 그리고 잇씨에게서 약을 받고, 걱정하는 기누 씨가 챙겨 준 천을 가지고 다시 먼데이의 가게로 뛰었다.

리나는 먼데이 뺨에 찜질 파스를 붙여 주고, 천으로 턱을 감싸고 머리 위에서 리본처럼 묶어 주었다. 그런 먼데이의 모습은 몹시 우스꽝스러웠다. 새빨간 머리에 큼직한 흰 리본을 단 덩치 큰 남자가 끙끙 앓는 소리를 내면서 몸부림치는 모습을 존이 봤다면 하루 종일 데굴데굴 구르며 웃었을 것이다.

문제는 선데이였다. 도무지 가면을 벗으려 하지 않았다. 어찌어찌 입까지는 가면을 들어 올렸지만 그 정도로는 뺨에 찜질 파스를 붙일 수도 없고, 아픈 이에 약을 넣어 줄 수도 없었다. 아무리 어르고 달래도 선데이는 고집스레 가면을 벗으

려 하지 않았다. 아프다고 울고불고하는 선데이를 보고 있자
니 리나도 함께 울고 싶었다.

"선데이, 너 대체 어떻게 해야 가면을 벗을래, 응?"

리나는 뾰족 나온 입에 짝짝이 눈을 한 익살스러운 가면
이 점점 밉살스러웠다.

"우리 엄마가 벗겨 준다고 했어. 엄마가 벗겨 줄 때까지 안
벗을래. 엄마……."

선데이는 한층 더 크게 소리를 질렀다.

보다 못한 리나가 먼데이에게 물었다.

"선데이 엄마를 부르면 되잖아요. 대체 엄마는 어디 간 거
예요?"

잠시 망설이던 먼데이는 한숨을 내쉬곤 웅얼웅얼 말했다.

"하아, 선데이가 이렇게 보고 싶어 하는데……. 대체 어디
에 있는지……."

하지만 이내 생각을 고쳐먹은 듯 세차게 고개를 흔들었다.

"아냐 아냐, 나 혼자서도 선데이를 돌볼 수 있어. 상관하지
마. 리나, 오늘은 방에 들어오지 말고 가게에만 있어."

먼데이는 뾰족하게 말하고는 선데이를 안고 방으로 들어

가 버렸다.

리나는 가게 바닥에 털썩 주저앉았다. 선데이의 울음소리가 들려왔다. 자업자득이라고 생각하면서도 선데이가 가엾어 가슴이 미어지는 것 같았다.

'엄마가 있다면 불러오면 되잖아!'

그때 리나에게 비매품인 신부 인형이 눈에 들어왔다. 순간, 바로 저거다, 라는 생각이 들었다. 아무리 사정해도 먼데이는 리나에게 선데이를 돌보는 걸 허락하지 않았고, 웬일인지 그 인형이 자꾸만 신경이 쓰였다. 리나는 야단맞을 걸 알면서도 구석에서 인형을 꺼내 와 다시 찬찬히 바라보았다. 크고 까만 눈동자는 흐트러진 머리카락에 가려져 있어서 그런지 몹시 슬퍼 보였다. 왠지 이런 눈을 가진 사람을 어디선가 본 적이 있는 것 같았다.

리나는 피코토 저택으로 돌아가 잇 씨에게 물감을, 기누 씨에게 반짇고리를 빌렸다. 기누 씨는 걱정스런 듯이 먼데이와 선데이에 대해 물어 왔다. 리나는 선데이가 가면을 벗지 않는다고, 엄마가 벗겨 줄 때까지는 절대 벗지 않겠다고 떼를 쓰고 있다고 말해 주었다. 그러자 기누 씨는 "아, 그래." 하고 왠지 슬픔에 젖은 눈으로 먼데이의 가게 쪽을 내다보았다.

먼데이의 가게로 돌아온 리나는 일단 인형에 쌓인 먼지를 말끔히 떨어냈다. 인형은 몰라볼 정도로 하얘졌다. 꺾인 목을 똑바로 붙이고, 다음으로 땋아 올린 머리 모양을 원래대로 해 놓으려고 했다. 하지만 원래 모습이 어땠는지 리나로서는 알 길이 없었다. 하는 수 없이 머리를 단정하게 정리하고 비녀를 꽂은 다음, 결혼식 때 쓰는 하얀 천을 씌우자 그런대로 봐 줄 만했다. 다음으로 입술에 빨간 물감을, 볼에 엷은 분홍 물감을 살짝 찍었다. 그렇게만 해도 슬퍼 보이던 눈동자가 행복하게 웃음 짓는 것 같아 보였다.

리나는 손을 본 인형을 제자리에 가져다 놓고, 아들을 야단치는 먼데이의 호통 소리에 마음 아파하면서 피코토 저택으로 돌아왔다.

선물

피코토 저택으로 돌아가자마자 기누 씨가 또 먼데이 부자에 대해 물어 왔다. 리나는 있는 그대로 대답했다. 선데이는 여전히 아프다고 울고 있으며, 그런 선데이를 먼데이는 야단치고 있다고. 그러자 기누 씨는 왠지 안절부절못하는 눈치였다.

저녁 식사 시간, 모두가 식탁에 둘러앉았지만 기누 씨는 아무리 기다려도 나타나지 않았다. 리나가 찾아오겠다고 하자 잇 씨도 존도 그럴 필요 없다고 말렸다. 리나는 그런 둘이

매정하게 느껴졌다. 피코토 할머니는 평소처럼 아무 일도 없다는 듯이 말했다.

"자, 먹읍시다."

다음 날 아침 식사 때도 기누 씨는 나타나지 않았지만 신경 쓰는 사람은 아무도 없었다. 피코토 할머니가 리나에게 말했다.

"오늘부터는 먼데이 가게에 안 가도 돼."

"하지만 아빠와 아들이 다 이가 아픈데, 제가 안 가면 누가 보살펴 줘요?"

발끈하는 리나에게 피코토 할머니가 말했다.

"선데이 엄마가 돌아왔다. 그러니 너는 갈 필요 없다."

"우아, 다행이다! 선데이가 무지 좋아하겠어요."

리나는 진심으로 다행이라고 생각했다. 지금의 먼데이 부자를 더는 감당할 자신이 없었으니까.

마음이 가벼워진 리나는 식당에 놓을 장미꽃을 꺾으려고 정원으로 나갔다. 때맞춰 울타리 너머에서 시카가 불렀다.

"리나. 잇 씨한테 가서 진통제를 좀 얻어다 주겠니? 으음, 세 번 먹을 거, 아니 다섯 번 정도 먹을 수 있게."

"무슨 일이에요? 머리가 아픈 거예요? 그렇게 많은 약이 필요할 정도면, 얼마나 많이 아픈 거예요?"

시카는 평소와 다르지 않아 보였지만 리나는 그런 시카를 걱정스레 바라보았다.

"아니, 내가 먹을 건 아니고. 다마 녀석이 말이지, 요즘 어째 입 주위가 끈적끈적하다 싶었더니 어디에서 단걸 그렇게 먹어 댔는지 충치가 생긴 모양이야. 끙끙 앓는 걸 보고 있자니 어찌나 안쓰럽던지."

시카의 말을 들은 리나는 짚이는 것이 있었다.

'먼데이 가게에서 사탕을 너무 많이 먹어서 그래.'

그렇다면 다마에게 선데이를 돌보게 한 리나 자신에게도 책임이 있었다.

리나는 잇 씨에게 진통제를 잔뜩 얻어 부랴부랴 시카의 가게로 갔다. 다마는 오른쪽 이빨이 아픈지 가지런히 모은 앞발 위에 오른쪽 턱을 괴듯 하고 엎드린 채 끙끙 앓고 있었다. 리나가 가게 안으로 들어가도 움직이지 않았다. 다만 불쌍한 눈을 하고 리나를 끔벅끔벅 올려다볼 뿐이었다. 그런 다마에게 리나는 서둘러 약을 먹이고, 저녁때까지 계속 차가운 물수건으로 입 주위를 찜질해 주었다.

다음 날, 다마는 정원에서 꽃을 꺾고 있는 리나를 보고 기운차게 달려와서 평소처럼 격렬하게 인사를 했다.

"어젯밤에 차가운 물수건으로 다마의 뺨을 찜질해 주느라 밤을 꼬박 샜지 뭐야."

그렇게 말하는 시카의 눈은 붉게 충혈된 데다 졸린 듯 금방이라도 감길 것 같았다.

"참 좋은 보호자이시네요."

리나의 말에 다마는 자랑스러운 듯이 "크르렁." 하고 호랑이답게 크게 울부짖었다.

리나는 피코토 할머니가 시킨 대로 정원에서 꺾은 꽃을 꽃병 가득 꽂고, 존에게 뒤뜰의 등나무 시렁 밑에 탁자와 의자를 내다 달라고 했다. 오늘은 여름 방학 숙제를 끝낼 생각이었다. 수학 문제부터 풀기로 마음먹었지만 괜히 조금 불안했다. 젠틀맨도 등나무 밑에 함께 앉아 있었다.

몇 번을 풀어도 계산 문제 하나에서 계속 답이 틀렸다.

"아, 모르겠어. 이럴 때, 먼데이가 말했던 세상에서 가장 아는 게 많다는 그 난쟁이라도 있으면 얼마나 좋아."

리나는 의자 등에 기대어 기지개를 켜면서 구시렁구시렁 중얼거렸다. 그러자 젠틀맨이 소리도 내지 않고 훌쩍 탁자 위로 뛰어올라 왔다.

"젠틀맨, 올라오면 안 돼. 지금 공부하고 있는 거 안 보여?"

리나는 짜증스런 목소리로 주의를 주었다. 젠틀맨은 못 들은 척 공책 위로 올라가 앉더니, 리나가 써 내려간 따분할 정도로 긴 풀이식을 말똥말똥 내려다보았다. 이윽고 초록색 눈동자를 번쩍 빛내더니 앞발로 수식 한가운데쯤을 톡 짚었다.

리나는 신기한 듯이 젠틀맨을 보았다. 그러자 '여기, 여기가 잘못됐어.'라고 말하는 것처럼 젠틀맨은 같은 곳을 앞발로 톡톡 두드렸다.

"여기가 틀렸다고 알려 주는 거야?"

웃으면서 묻는 리나에게 젠틀맨은 고개를 끄덕여 보였다. 리나는 어처구니없다는 듯이 설명했다.

"젠틀맨, 여기는 321이 맞아. 벌써 세 번이나 계산해 봤대도. 그리고 이렇게 쉬운 부분에서 틀렸을 리 없단 말이야."

그래도 젠틀맨은 고개를 옆으로 저었다. 그리고 꼬리로 탁자를 탁, 탁, 탁 세 번, 조금 있다가 다시 한 번, 잠시 후에 다

섯 번을 두드렸다.

"흐음, 315라는 거지?"

젠틀맨이 고개를 끄덕였다.

"그럼, 이 부분을 다시 해 볼까요, 젠틀맨 선생님?"

리나는 장난스레 말하고 딱 한 번만 다시 계산해 보기로 했다. 결과는 놀라웠다. 뺄셈을 잘못했던 것이다. 다시 계산해서 나온 답은 315. 리나가 깜짝 놀라 얼굴을 들었을 땐, 젠틀맨은 이미 사라지고 없었다.

푹푹 찌는 무더위 속에 코를 찌르는 듯한 꽃향기만이 떠돌았다. 멍하니 앉아 있던 리나의 귀에 문득 소리가 들렸다. 돌아보니, 다마가 시카를 앞세우고 오고 있었다.

"선데이가 놀아 주지 않아서 그런지 다마가 심심해하지 뭐야. 네 옆에 있으면 녀석이 좋아하잖아, 그래서 데리고 왔지. 아무래도 녀석은 젠틀맨을 썩 좋아하지 않는 모양이야, 뒤뜰 입구에서 젠틀맨을 보고는 들어가지 못하고 쭈뼛거리더군."

시카는 다마의 머리를 가볍게 두드렸다.

"젠틀맨…… 정말 신기한 고양이예요. 제가 수학 문제를 푸는데 틀린 곳을 가르쳐 주었어요."

"오, 그래. 신기한 고양이군그래"

시카도 놀라워했다.

"하지만 여기는 뒤죽박죽 거리니까."

동시에 중얼거리고 둘은 마주 보며 웃음을 터뜨렸다.

서둘러 남은 숙제를 마저 해치운 리나는 뒤뜰을 거닐면서 다마를 위로했다.

"다마, 선데이는 너랑 노는 것보다 엄마랑 있는 게 더 좋은 거야. 그래도 너한테는 정성껏 보살펴 주는 좋은 보호자가 있잖아."

그때 부엌에서 존이 큰 소리로 말했다.

"리나, 먼데이가 잠깐 가게로 와 달라는데?"

존의 말을 듣자마자 리나는 냅다 저택의 서쪽 문을 향해 뛰었다.

요즘 리나는 서쪽 문으로만 드나들었다. 그런 리나를 피코토 할머니가 빙그레 웃으며 지켜보고 있다는 걸 리나는 알지 못했다. 리나는 피코토 할머니의 진짜 모습을 모르고 있다. 웃는다는 것도, 피코토 할머니가 어떤 인물인지도.

헐레벌떡 먼데이의 가게로 뛰어간 리나를 먼데이가 반갑게 맞아 주었다.

"어서 와, 리나. 오늘은 아내가 돌아온 걸 축하하려고 하는데, 우리와 함께 점심을 먹을 수 있지? 이게 다 네 덕분이란다. 이걸 어떻게 보답해야 할지 모르겠구나."

먼데이는 말하면서 리나를 데리고 안쪽으로 이어진 방에 들어갔다. 영문도 모른 채 먼데이가 이끄는 대로 따라 들어간 리나는 두 눈을 의심했다. 세상에! 기누 씨가 선데이를 꼭 끌어안고 싱글벙글 웃고 있는 게 아닌가!

"선데이의 엄마가……."

뒷말을 잇지 못하는 리나에게 먼데이가 설명했다.

"선데이가 싫다는 데도 아내가 억지로 글자를 가르쳤어. 그 일로 싸움이 벌어졌고 말이야. 나도 생각은 하고 있었지, 선데이도 이제 이름 정도는 읽을 수 있게 해야 한다고. 한데 마침 그때, 충치 때문에 이는 아프지, 날은 또 어찌나 푹푹 찌는지 손에 땀이 나서 오르골 작업을 할 수가 없더라고. 거기다 아내와 선데이가 실랑이를 벌이는 목소리에 신경이 곤두서서 그만 폭발하고 말았어. 나도 모르게 아내에게 화풀이를 해 버린 거지. 잘 기억은 나지 않지만 심한 말도 내뱉은 모양이야."

거기까지 말하고 먼데이는 부끄러운 듯 빨간 머리를 만지작거렸다.

"맞아, 나한테 화풀이를 했지. 당장이라도 아이를 잡아먹으려는 마귀할멈 같다고 말했어. 선데이를 위해서 열심히 글을 가르치는 나한테 그게 할 말이야? 그러고도 분이 안 풀렸던지, 내가 결혼할 때 가져온 인형의 목을 분질러 놨더라고. 내가 얼마나 아끼는 인형인지 뻔히 알면서 말이야. 그걸 본 순간, 이 인형이 제 모습을 되찾기 전에는 절대 돌아오지 않기로 다짐하고 집을 나왔어. 나도 오기를 부려 본 거지. 그런데 걱정돼서 멀리 갈 수가 있어야지. 그래서 피코토 할머니한테 부탁해서 그 저택에서 지내게 된 거야."

"나는 당신이 피코토 저택에 있을 줄은 꿈에도 몰랐어."

먼데이가 끼어들었다.

"비밀로 해 달라고 했으니까. 나도 문밖에는 한 발짝도 나가지 않았고. 잇 씨도 존도 아마 고집이 대단하다고 생각했을 거야. 그런데 어제는 선데이가 걱정돼서 견딜 수가 없더라고. 몰래 가게에 와 봤더니 글쎄, 인형이 제 모습으로 돌아와 있는 거야. 얼마나 기쁘던지."

기누 씨는 선데이를 꼭 끌어안았다.

"몇 번이나 인형을 손봐야지 하고 마음은 먹었지. 한데 그때마다 또 마음이 뒤틀리지 뭐야. 나도 나지만 저 고집불통한테는 두 손 두 발 다 들고 말았다니까. 3주일 넘게 가면을 안 벗더라고. 야단도 쳐 보고, 살살 달래도 봤지만 도통 말을 들어야 말이지. 별수 없이 언젠가는 벗겠지 싶어 내버려뒀는데……."

거기까지 말하고 먼데이는 고개를 절레절레 흔들며 선데이를 보았다.

"어휴, 정말. 어른이나 애나 못 말리는 고집쟁이라니까. 선데이, 앞으로는 그런 별거 아닌 일로 싸우는 일은 절대 없을 거야."

기누 씨의 말에 선데이는 고개를 끄덕이고는 리나에게 말했다.

"고마워, 리나. 리나 덕분에 엄마가 돌아온 거래."

리나는 그제야 가면을 벗은 선데이의 얼굴을 자세히 보았다. 검고 커다란 눈동자가 기누 씨를 쏙 빼닮았다. 가면을 쓰고 있지 않았다면 첫눈에 기누 씨의 아들이라고 알아봤을 텐데……. 기누 씨가 늘 창가에서 밖을 내다보았던 이유를 이제야 알 것 같았다. 얼마나 선데이가 보고 싶었을까.

피코토 저택으로 돌아온 리나는 잇 씨와 존에게 따지듯이 물었다. 어째서 기누 씨에 대해 말해 주지 않았느냐고.

둘은 한목소리로 대답했다.

"피코토 할머니가 말하지 말래서."

피코토 저택에서 피코토 할머니의 말은 절대적이다.

그날 저녁, 피코토 저택 사람들은 식탁에 둘러앉아 먼데이 가족을 위해 포도주로 건배했다. 피코토 할머니가 딱히 금지 하지 않기 때문에 리나도 포도주를 몇 모금 홀짝홀짝 마셨다.

저녁 식사 후에 리나는 피코토 할머니 방으로 불려 갔다.

"내일 6시 기차표다. 짐은 오늘 밤에 챙겨 놓으렴. 아침 일찍 마을을 나서지 않으면 늦으니……."

피코토 할머니가 무뚝뚝하게 말했다. 리나에게는 난데없 는 이야기였다.

"꼭 내일 돌아가야 해요?"

"그래."

"여름 방학은 아직 일주일이나 남은걸요."

"이제 안개 골짜기 마을에서는 네가 일할 곳이 없다. 너를 여기 거저 둘 수는 없잖니."

피코토 할머니의 대답은 단호했다. 리나는 혹시 일할 수 있는 곳이 없는지 여기저기 떠올려 보다가, 마침내 한 가지를 생각해 냈다. 바로 기누 씨의 일을 할 사람이 피코토 저택에 없다는 것.

리나가 말을 꺼내기도 전에 피코토 할머니가 먼저 입을 열었다.

"아, 깜빡했는데 우산은 두고 가거라."

"우산요……?"

"그래. 피에로 손잡이가 달린 우산 말이야. 너를 마중 나갔잖냐."

"마중 나왔다고. 우산이……."

리나는 영문을 모른 채 피코토 할머니의 말을 입속으로 중얼거렸다.

"분명히 마중을 나갔어. 반년도 더 전에 말이다. 그건 내 우산이야."

여전히 무슨 말인지 알아듣지 못하고 멍하니 있는 리나

를 보고 피코토 할머니는 정말로 어처구니가 없다는 듯이 말했다.

"내 참, 네 아빠도 말귀를 못 알아들어서 애를 먹이더니, 너는 그보다 더하구나."

"역시, 저희 아빠도 여기에 온 적이 있군요."

"그래. 내가 이 우산을 마중 보냈다. 그래도 너보단 봐 줄 만한 구석이 있는 아이였어. 그래서 그 아이에게는 우산을 3년 동안 빌려줬지."

"그런데 왜 저희한테……."

리나가 물었다.

"네 할아버지를 잘 알아. 아주 좋은 사람이었지."

피코토 할머니는 먼 곳을 바라보는 듯이 눈을 가늘게 뜨고 있었다. 한동안 그러고 있더니 번쩍 정신이 들었는지, 아직 뭔가를 더 묻고 싶어 하는 리나를 보았다.

"잘 자렴, 리나."

그러고는 방 밖으로 리나를 밀어내고 문을 쾅 닫아 버렸다.

한꺼번에 몇 가지 이야기를 들은 리나는 머릿속이 멍해졌다. 포도주 몇 모금에 취했는지도 모른다. 이제 여기에 더 있게 해 달라고 부탁할 기력도 없었다. 여기에서 피코토 할머니의 말은 곧 법이다. 돌아가라고 하면 돌아가야 한다.

리나는 잇 씨와 존에게 가서 내일 집에 돌아간다는 사실을 알렸다. 둘 다 얼마나 슬퍼하는지, 오히려 리나가 위로해 줘야 할 지경이었다.

"내년에 또 올게요."

리나는 자신에게도 들려주듯이 말했다.

"내년에 또 만날 수 있겠지 뭐."

"그럼, 만날 수 있고말고."

잇 씨와 존은 서로를 다독이듯 마주 보고 고개를 끄덕였다.

방으로 돌아온 리나는 짐을 싸면서 피코토 할머니에게 들은 말을 하나하나 곱씹어 보았다.

그 우산은 반년 전, 아빠가 아는 사람이 리나에게 보내 준 것이다. 그때 아빠는 옛날 생각이 나는 듯이 한참 동안 우산을 바라보았고, 리나에게는 절대로 잃어버리면 안 된다고 몇 번이나 주의를 주었다. 그렇다, 여기에 올 때 우산이 길에 떨어지지 않았다면 안개 골짜기 마을 입구를 찾을 수 없었을 것이다. 우산이 날아가지 않았다면 피코토 저택에 올 수 없

었을 것이다. 지금껏 아무도 마중 나오지 않았다고 섭섭해했
지만 확실하게 마중 나왔던 거다. 이미 반년 전에…….

'아빠는 이 마을이 어떤 곳인지 알고 있었어. 그래서 나더
러 가 보라고 적극 권했던 거야.'

리나는 할아버지가 어떤 사람인지 잘 몰랐다. 세상을 조금
씩 알아 갈 무렵에는 이미 돌아가시고 없었으니까. 집에 돌아
가면 아빠에게 할아버지가 어떤 분인지 물어봐야겠다고 생
각했다.

다음 날 새벽 5시. 리나가 짐을 챙겨 1층으로 내려가자 피
코토 할머니가 커다란 종이 가방을 내밀었다.

"이 안에 안개 골짜기 마을 사람들이 주는 선물이 뒤죽박
죽 들어 있다. 다들 배웅하러 오겠다는 걸 내가 막았다. 아침
이른 시간에 간다고 말이야."

피코토 할머니의 말을 듣고 리나는 못내 아쉬웠다. 마지막
으로 뒤죽박죽 거리 사람들을 하나하나 눈에 확실하게 담아
두고 싶었기 때문이다.

리나는 젠틀맨과 존과 잇 씨에게 작별 인사를 했다. 잇 씨

는 자꾸만 눈을 끔뻑거리면서 "아참, 난롯불을 봐야지."라고 둘러대고는 허둥지둥 2층으로 올라가 버렸다. 존은 앞치마를 연신 눈가로 가져가더니, "내 정신 좀 봐, 불에 수프를 올려놓았는데." 하고 부엌으로 가 버렸다.

결국 젠틀맨과 피코토 할머니만이 리나를 배웅해 주었다. 리나는 피코토 할머니에게 인사했다.

"여러 가지로 고마웠습니다. 정말 즐거웠어요. 내년에도 잘 부탁드려요."

"누가 내년에도 오라고 하던?"

피코토 할머니의 입은 끝까지 심술 사나웠다.

당황한 리나는 내년에도 불러 달라고 부탁하려다, 문득 어제 피코토 할머니가 했던 말을 떠올리고는 풀이 죽어 입을 다물어 버렸다. 우산을 돌려 달라고 했다. 그 말은 뒤죽박죽 거리에 다시는 리나를 부르지 않는다는 뜻이었다.

'아빠에게는 3년 동안이나 우산을 빌려줬다고 했는데…….'

리나가 잠시 생각에 잠겨 있는 사이, 피코토 할머니가 말했다.

"잘 가렴."

올 때와 마찬가지로 안개가 자욱했다.

그리 오래 걸은 것 같지는 않은데 이상했다. 여기에 오는 날도 이렇듯 짙은 안개를 만났었다. 다시는 뒤죽박죽 거리에 올 수 없다고 생각하자 리나는 가슴이 먹먹할 정도로 슬펐다.

어느새, 오던 날 우산이 날아갔던 안개 골짜기 마을 입구에 와 있었다. 리나는 그 자리에 털썩 주저앉아 버렸다.

그 멋진 여섯 채의 집은 어디에 있는 걸까. 혹시나 싶어 리나는 우산이 날아갔던 히말라야삼나무 사이를 들여다보았다. 아무것도 보이지 않았다. 나무들만 빽빽이 서 있었다. 여기에 오던 날과 모든 것이 똑같았다.

뒤죽박죽 거리에서 있었던 많은 일이 리나의 머릿속을 어지럽게 뛰어다녔다. 서쪽으로 가라앉는 태양의 빛깔을 좋아하게 된 건 뒤죽박죽 거리에 오고 나서다. 거의 기울어 버린 해를 보면서 리나는 뒤죽박죽 거리에서 보았을 때가 훨씬 멋졌어, 하고 생각했다. 그 순간, 저도 모르게 입에서 "잇!" 하고 외마디 비명 같은 소리가 새어 나왔다.

'내가 피코토 저택을 나온 건 이른 새벽이었는데.'

리나는 마음을 추스르고 주위를 둘러보았다. 저녁매미가 쉴 새 없이 울어 대고 서쪽 하늘은 저녁노을이 새빨갛게 물들어 있었다. 이미 저녁이었다.

'역시 그 마을은 마법의 마을이었던 걸까. 내가 여기에 온 것은 오늘 오전이고, 피코토 저택에서 지냈다고 생각한 지난 날들은 꿈이었던 게 분명해. 그러니까 내가 여기에 온 뒤로 몇 시간밖에 지나지 않은 거야.'

하지만 발밑에는 리나가 내던진 커다란 종이 가방이 있었다. 그렇다면 리나가 뒤죽박죽 거리에 있었던 건 꿈이 아니었다. 분명 사실이었다.

리나는 후유 하고 한숨을 내쉬고, 손을 뻗어 그 종이 가방을 가까이 끌어당겼다. 먼저 피코토 할머니가 손에 쥐어 줬던 차표를 꺼내서 확인했다. 6시 기차라는 말을 듣고 리나는 당연히 아침 6시로 알았지만 차표에는 18시라고 적혀 있었다.

'정말, 오늘 6시 차표네.'

리나는 종이 가방에 손을 넣어 안에 든 것을 하나하나 꺼내 봤다. 맨 먼저 종이 꾸러미가 나왔다. 베이컨 냄새가 났다. 존이 싸 준 도시락이었다. 꽃잎 모양 용기에는 토케 가게의 바바루아가 들어 있었다. 꼬마 요괴가 골라 준 건가, 하고 리나는 생각했다. 그리고 리나를 애태웠던 얄미운 선데이의 가면. 잇 씨가 만들어 주겠다고 약속했던 신기한 양초. 나는 맨날 이 양초에 불을 켜고 있게 될 거야, 라고 리나는 생각했다. 거기에 시카와 서로 양보하다가 입씨름까지 했던 초록색 돌.

다시 종이 가방 안에 손을 넣자 울퉁불퉁한 것이 만져졌다. 꺼내 보니 나무를 깎아 만든 배였다. 뱃머리에는 리나를 꼭 닮은 여자아이가 허리에 손을 얹은 채 입을 크게 벌리고 고함치는 모습이 새겨져 있었다. 토마스의 선물이었다. 리나는, 아가씨에게는 인어나 비너스가 어울린다고 하던 바카메의 말을 떠올리고는 피식 웃었다.

이번에는 종이 가방을 살짝 흔들어 보았다. 『네즈나이카』가 툭 떨어지면서 책 속에 끼어 있던 새하얀 깃털이 팔락팔락 리나의 무릎 위로 떨어졌다. 나타와 바카메의 선물이었다. 바카메는 그토록 자랑스러워하던 새하얀 깃털을 리나를 위해 뽑은 모양이었다.

리나는 얼마나 기쁜지 눈물이 찔끔 나왔다.

'피코토 할머니에게 구박받고 서러워서 울었던 적도 있었

어⋯⋯.'

리나는 뒤죽박죽 거리에 사는 사람들에게 받은 선물을 하나하나 바라보면서 생각했다.

꺼내 놓은 선물들을 다시 종이 가방에 넣으려는데 안에 아직 뭔가가 들어 있는 것 같았다. 리나는 깊숙이 손을 넣고 조심스레 꺼냈다. 우산이었다. 그것도 피에로 손잡이가 달린 우산. 피코토 할머니가 다시금 마중을 보낸 것이다. 리나는 피에로 손잡이를 두 손으로 꽉 쥐었다.

리나에게는 다른 무엇보다도 피코토 할머니의 선물이 최고로 멋졌다.

리나는 벌떡 일어났다. 그리고 역에서 그 경찰관을 다시 만나면 뭐라고 말할까 생각해 보았다.

이렇게 말하기로 했다.

"은광 마을에 아는 사람은 없었지만 모두 엄청 친절히 대해 주었어요."

그리고 생각했다.

집에 가면 아빠가 피에로 우산을 보고 틀림없이 기뻐할 거라고.

작가 후기

　내가 『메리 포핀스』를 읽은 건 초등학생 때였어요. 그때는 영국에 가면 메리 포핀스를 만날 수 있다고 생각했습니다. 중학생 때는 『나니아 연대기』를 읽고, 나니아 왕국에 가고 싶어서 온갖 궁리를 해 보기도 했답니다.

　어릴 때 나는 책을 읽을 때마다 꼭 그 세계에 가 보고 싶었습니다.

　그리고 마침내 나의 세계에 온갖 사람들이 살고 있는 것을 깨달았지요. 그 세계에는 나의 멋진 친구와 선배와 선생님 등 내 마음 속에 있는 사람들이 살고 있고, 어릴 때 잃어버린 곰 인형도 있습니다.

　여러분의 세계에는 어떤 사람들이 살고 있나요?

이 이야기는 나와 리나의 꿈의 세계입니다. 여러분의 꿈의 세계에도 뒤죽박죽 거리에 사는 사람들이 살고 있나요?

이 책은 저의 첫 작품입니다. 처음 내는 책인 만큼 여러 가지로 걱정도 되고 불안합니다. 하지만 여러분이 재미있게 읽어 준다면 조금은 마음이 편해질 것 같습니다.

마지막으로 판타지가 얼마나 중요한지를 가르쳐 주신 사토 사토루 작가님께 감사를 드립니다.

1975년 초판 후기

가시와바 사치코

안개 너머 신기한 마을

초판 1쇄 발행 2025년 02월 05일
초판 2쇄 발행 2025년 02월 27일

글 가시와바 사치코 **그림** 모차 **옮김** 고향옥
펴낸이 김태헌 **총괄** 임규근 **책임편집** 정명순 **디자인** 조가을
영업 문윤식, 신희용, 조유미 **마케팅** 신우섭, 손희정, 박수미, 송수현 **제작** 박성우, 김정우
펴낸곳 한빛에듀 **주소** 서울특별시 서대문구 연희로2길 62 한빛미디어(주) 실용출판부
전화 02-336-7129 **팩스** 02-325-6300
등록 2015년 11월 24일 제2015-000351호 **ISBN** 979-11-6921-333-2 (73830)

이 책에 대한 의견이나 오탈자 및 잘못된 내용에 대한 수정 정보는 한빛에듀의 홈페이지나 아래 이메일로
알려 주십시오. 잘못된 책은 구입하신 서점에서 교환해 드립니다. 책값은 뒤표지에 표시되어 있습니다.
한빛에듀 홈페이지 edu.hanbit.co.kr **이메일** edu@hanbit.co.kr

지금 하지 않으면 할 수 없는 일이 있습니다. 책으로 펴내고 싶은 아이디어나 원고를
메일(writer@hanbit.co.kr)로 보내 주세요. 한빛미디어(주)는 여러분의 소중한 경험과 지식을 기다리고 있습니다.